諸行無常

妹尾哲文

目次

諸行無常

チャイムボタンを押し、玄関ドアを引いたがロックされていた。

交通事故により植物状態となった二十五歳になる村上博の介護指導のため、週四日訪問しているヘルパーの山本すみ子（四十五歳）は、迷わず建物南側に沿い野面石《のづらいし》を並べて造られた小道を踏んで勝手口へ回った。昨夜の雨で、桜の花びらが石の上一面に散っていた。

腕時計を見ると十時、手提げカバンの中を探り預かっている鍵を取り出し屋内に入り、スリッパに履きかえると小走りに玄関脇南側のドアを開けて入ったところ、電動仕掛けになっている寝台の横に並べられている折りたたみ寝台の掛け布団の上に、両腕を万歳のように挙げ、うつ伏せになっている博の母親友子（五十九歳）の姿を目にしたのである。疲れて眠っていると思いながら奥様、奥様！　と声を掛け、肩のあたりを揺ったが、ぐったりしていた。寝台に寝ている息子の博を見ると喉に装着してある呼吸装置が機能していないのが分かった。彼女は震える手で手提げカバンから携帯電話を取りだし、療護センター（身体障害者自宅介護訓練総合病院）へ緊急電話をしたのである。

駆けつけた医師が母と息子二人とも既に死亡していることを確認し、その場で警察署へ通報すると、間もなくパトカーと岐阜県警察と車体に書かれたワゴン車が到着した。捜査員総勢五名であった。すみ子は捜査員を玄関に迎え入れてからは、彼らの動きを、ただ呆然と見ながら部屋の隅に佇んでいた。

友子と博の遺体は、精密検査のため警察病院に搬送され、すみ子はパトカーに乗せられ捜査員に同行したのである。


すみ子が村上家を訪問した週初日は三日前の月曜日である、その日は晴れやかな顔をした母親の友子を見て驚き、

「奥様！　今日はすごく幸せそうなお顔をしていらっしゃいますね、お肌がツヤツヤしていますよ。普段の緊張した、怖い顔つきと違います！」

と思わず声をかけたのであった。

「それは、昨日パパと博と三人で、温泉に行ったからですよ！」

と弾んだ声が返ってきた。わずか三十分の介護点検指導であるが、その間友子の表情は変わらなかった。翌日火曜日は、すみ子が声をかけるまでもなく、

「山本さん！　昨日は三人でハワイに行ってきたのですよ！」

と嬉しそうに話すのだ。

すみ子は（これは尋常ではない、昨日は冗談を言ったのかと思ったのだが、そう思えば顔の表情も？　これは精神的な混乱が起こっている）と直感したのであった。その日は療護センターに帰ると、担当医に報告協議の上、博を施設へ入所させ、母親のすみ子には精神面の診療を受けさせることにした。すみ子は、その日の日程を終えて帰宅した後も、明日は友子が応じてくれるか心配でそのことばかりを考えていたのである。

訪問日は月、火、木、金、と決めているので翌日は訪問日ではない水曜日である。その日が正に今日である。昨日のうちにすぐ友子さんに再度会っていれば、

こんなことにならなかったのではないか、と考えると苦しくて耐えられないのであった。

「友子さんは、どうしてこんなに不運が続くのでしょうか？　誰が友子さんの人生航路の舵を切っているのでしょうか？　私が友子さん親子を死なせた当事者ではないでしょうか？」

瞼を閉じて苦しそうにすみ子が呟くのを聞き、その日の捜査の指揮をとった安田警部補は、机を間にして向き合い調書を作成していたパソコンから手を離し、すみ子に顔を向け、

「それが分かれば警察はいりませんよ。罪を問われている人の大方も、紙一重で後戻りできない航路に迷い込んで、暗い先の見えない海で苦しんでいるのです」

と言ってすみ子と同じようにうつむいて瞑想した。

実は、すみ子は十年前、夫と一人息子を交通事故で失い、以後一人で現在の仕

事を続けて今日に至っている。友子の苦しみはよく分かるのである。すみ子は、友子に「博と一緒に死にたい」と繰り返し訴えられ何度も同じことを繰り返しながら慰めていたのである。

友子がベッドに伏せっている姿を見て、十分救える時間的余裕があるのに、死に至るまで時間を見計らい事実上自殺幇助したと考えられないこともない。すみ子は、こんな立場になるとは考えていなかったのである。

日本は災害の多い国で、地震、水害、火山の爆発、その度に多くの死者が発生する。しかし自然災害と人為的災害と比べると、やはり死は同じでも残された家族の胸の痛みは、人為的災害の方が大きいのではないか？　まして加害者がいる場合は恨みも重なり、無念の思いでその苦しさは例えようがない。

友子の場合は、博の回復を祈って介護しているが、博は話すことも、うなずくことも出来なかった。自分の場合は息子が十歳の時のことである、可愛い姿が、寝ても覚めても目に浮かぶのである。夫と三人が乗ったマイカーに、対抗車線を飛び出した大型トラックに衝突され、夫と息子は即死し、すみ子は奇跡的に軽傷で生き残ったのであった。

友子の場合と、自分の場合と、どちらがより不幸であろうか、不幸を比較するのは浅ましいと思いながら博の介護をしていたのである。

すみ子もセンターの担当者も、友子が倒れた時、博の介護が安全に引き継がれることを考え、施設への入所を勧めたが、友子は自分でなければこの子はとても介護できない、と言って同意しなかったのであった。博が死ぬ時は一緒にと考えていたのかもしれないが、自分の死後のことを、すみ子に委託してその経費を遺贈する遺言までしていたのである。友子は介護疲れで身体も不調で通院し、多種類の治療薬を服用していたことも、すみ子は知っていたが、体調のことは詳しく話してくれなかったのである。もっと強く注意して、彼女の健康に配慮してあげればよかったと、心が痛むのであった。

友子が意識不明となって寝台に伏した後、博は介護が途絶えて絶命したものと判定された。死体検案書には友子は虚血性心不全、博は急性心不全と記してあった。

すみ子は、友子の遺言に従い、二人の遺体を岐阜大学医学部解剖学講座が委託派遣したワゴン車に乗せて、医学部の安置所へ見送ったのである。法要には、センターから担当者や友子と交友のあった方が見送りに来てくれた。柩《ひつぎ》に安置された友子は、絵本で見たことがある慈悲に満ちた観音様の顔になっている、とすみ子は思った。もともと色白で瓜実顔《うりざねがお》の美人である。息子の博は母親似である、顔に装着されていたチューブが除かれ、こちらは阿弥陀様に仕える修行僧のようにキリッとした美青年であった。友子さん楽になりましたね、今頃は博くんと手を取り合って、あなたの好きな蓮華草の生えた天国への道を歩いていることでしょう。すみ子は胸の中で思いながら合掌した。

警察署から、すみ子に返却された押収物の中に、友子が寝台の脇において毎日介護の記録をしていたパソコンからプリントされた資料は、センターにも有用な記録が多くあることが分かった。

手文庫の中に村上友子と直筆記名押印した次のような書付があった。

〈治療行為に関する要望書〉

私村上友子が、病あるいは事故により倒れた場合に対する治療行為について、次のようにお願いします。

一　心臓マッサージなどの心肺蘇生処置　二　気管挿管　三　人口呼吸器の装着　四　気管切開　五　輸血　六　人工透析　七　鼻からの栄養補給、これらに類する治療行為は、しないでください、お願いします。

この書付は、友子が不安に迷い揺れる心と戦いながら介護生活を送っていたことが分かる文書ではないか、とすみ子は思うのであった。

日誌とは別に「博ちゃん許して下さい」というタイトルで、自分たちと同じ環境に遭遇する人の参考にしてもらうことを願ってと書きそえ、自分の出自から事故後九年あまりの介護の経緯と合わせて母親の苦しみも書き綴り、最後には介護の達人になった、と苦行僧が悟った境地に達したようなことを書いていた。

介護作業中の幻覚で博が楽しかった思い出を語ったことも書いている。

優しかった夫へ手紙を書いていた。

（友子さん、本当によく頑張りましたね、今頃は天国で、父、母、息子三人が抱き合っていることでしょうね）目を瞑ると金色に輝く空に三人の笑顔がすみ子には、はっきりと見えるのであった。

博ちゃん許して下さい

村上友子

私、村上友子は肉親の縁が薄く十代半ばで相次いで両親を失い、同じ様な身の上の男性と出会って職場結婚しました。私は二十九歳でした。五年後、長男出産を期に退職。

以後子供の養育第一の生活を心掛けていました。二人は晩婚の上、夫は八歳上ですから、長男が生まれた時は狂喜し、名前は私の郷里出身偉人の名前の一字を頂き「博」と名付け、第二子が生まれなかったせいもあり、宝物のように育て、明るく誰にも愛される子に成長しました。私達親子三人は、神様から楽園を頂き、感謝の日々を送っていたのでした。

その幸福な生活が、博の高校入学後に一変したのでした。

「ちょっと、友達の所へ行って来るね」

台所の流しの前に立っていた私に声をかけて出た博が、間もなく警察からの電話で、交通事故により救命救急病院に運ばれたことを知りました。平成二十一年二月十一日　五時過ぎ、忘れることは出来ません。

夫に電話をして病院に駆けつけ、手術台の上の博を確認したのです。

医師の説明があり頭の骨を外すことを承諾し、命だけでもと祈りながら待っていると更に脳の腫れが酷いので、もう片方の骨も外すと念押しされ、夫と私は肩を寄せ合い、震え絶望しながら、無言のまま控え室で朝を迎えたのです。

八時頃、顔がパンパンに腫れ、口の中まで身体中数えられない程の、チューブやコードで繋がれた博を見ることになったのでした。医師から「脳の損傷が広範囲に及んでいるので、もう元の息子さんには戻らない。息子さんの脳は堅い箱に豆腐をいれて、強く揺さぶってしまった状態である。意識を回復させるのに声をかけ続け、その刺激により心拍数を上げる必要がある」と言われたので、私はその日から毎日付き添い、博の好きな『スラムダンク』の漫画を見せたり読んだり、名前を呼ぶ声かけは絶え間なく終日行ったのです。

夫は朝五時に起きて、新幹線で通勤していましたが、可能な限り面会時間の最終時刻までには、毎日来て博に声をかけました。

博は、骨折した右脚の大腿骨を金属ピンで固定する創外固定手術後、脳の中に溜まる髄液を外に排出させるための処置が必要であるため、その手術は二十回以上に及んだのです。

動かない身体をそのままにしておくと、本人も傷みが増し介護の負担も増す、と言われたので、私は博の手や脚に間断なく触り、声を掛け、眠った脳が匂い刺激によって覚醒することがあるとも聞いたので、博の好きなハンバーグ、チョコレート、カレー等を買って来て、匂いをかがせたり、思いつく事は何でもしました。

看護師さん達の作業の邪魔にならないようにして、可能な限りの介護を毎日繰り返しましたが、何時までも救急病院での治療は許されない規則があり、一年四ヶ月経過してから在宅介護に向けて、その訓練を兼ねた病院へ転院することになったのです。

交通事故によって重度後遺障害を負った患者を専門に受け入れる病院は、数が限られる中、岐阜県にある療護センターを希望して入院が可能となりましたので、近くに在宅介護をするための家も準備しました。

自宅で出来る関節可動域の維持や、筋緊張をほぐすマッサージ、固く握り締めた指を開く方法、音楽療法、アロママッサージ等の全てのリハビリに、夫も可能な限り付き添って手伝ってくれました。

夫は、私にばかりに負担をかけないようにと、週末にかけてセンターに来て、また週の始めに出勤するという日が続き、休みはとっていませんでした。

そうして、センターに、二年四ヶ月お世話になり在宅介護となったのです。

介護の一日は、朝五時過ぎのオムツチェックから始まります。オムツの交換、口腔ケアを済ませ、顔や手、脚を拭き栄養剤投与の間に、医療用具の煮沸消毒、吸引機の部品の洗浄消毒を行い、身体の固い所をほぐし、着替え等もさせます。

午前十時になると、手の指にセンサーを装着し、血中の酸素飽和濃度と心拍数を計測しながら話しかけ、歌をうたい、屈曲した膝や筋緊張気味の胸や腕をマッサージします。私は常時折り畳み寝台を博の側に置いて横になっています。

痰の吸引を中心とする夜間の介護は、最も気が張りつめます。気管支内に痰が溜まると呼吸ができず、呼吸困難や肺炎などの感染症を起こす原因になり、死に至ると言われたので、私は貯溜音がすれば直ぐ吸引をしてやります。痰が絡むと全身が緊張してしまうため、速やかに吸引しなければなりません、博の呼吸に変化があれば夜中でも跳ね起き、痰の吸引を行います。

呼吸の変化と言っても、萌やし一本がテーブルから床に落ちたときにする音くらいの小さな音です、それでも私は跳ね起きて熟睡したことはありません。博は苦しくても手を挙げて合図することも、私を呼ぶことも出来ません。昼と夜の判別さえできないのです。

植物状態と言っても、汚れたオムツのままや、枕の位置がずれると気分の悪い顔をします。私は、せめてこれ以上悪い状態にしない様に絶え間なく手当をしているのですが、ヘルパーさんの力を借りているものの、病院に入院している時は、看護師さん達がしていた作業も、私がしなければなりませんので、体力的にも何時も限界状態です。体力気力が何時まで続くか、不安におびえながら毎日を過ごしています。

博の状態は医学的には遷延性意識障害と言い、いわゆる植物状態で、自力で動くことも発言もありません。開眼しても物を認識することができず、口から食事を摂ることもできません。寝返りもうてません。頭の左右の骨が無いので陥没し、鼻には栄養剤投与のためのチューブを入れ、喉には呼吸装置を装着し、障害による強い筋緊張や異常姿勢に苦しみ、痰にむせこんでいます。

側に居て看ている私も苦しくて耐えられないこともあります。しかし、博の温かい手や脚に触れられる毎日に、明日はもっと安らいだ状態にしてやりたい、もっと心地良くしてやりたいと、思いは膨らむばかりです。

日々意識を回復させるための努力をしているためか、呼びかけると、こちらに顔を向けることもあり、救命センターに居た頃よりも随分状態が安定し、その後転院した療養センターで受けた看護師の栄養管理と、数々のリハビリ、針治療やアロママッサージの御陰もあって感染症にもかからず現在に至っています。

私が、博が救急病院に搬送されてから、九年余の間の介護日誌を残すのは、私達親子と同じ状態になる方が、かなり多く後をたたないと聞いたからです。少しでも参考になるものならと思ったからです。

夫は、昨年末に自宅の玄関内で倒れ、近所の方が気付いて救急病院に搬送されましたが手遅れでした。勤めと博のこと、その上退職時期も重なり、パーキンソン病の上に心労が大きな原因になったと考えられます。

勤めは退職しているし、私と同様に親族縁者も無いので私一人で野辺送りをしました。

私と結婚したばかりに、こんな不幸なことになってしまったのです。私は何も悪いことはしていませんので、余程先祖の業が深いのでしょう、私よりも不幸な人はこの世には、いないと思っています。私という女が夫となる人を選んで結婚し、博が私を選んだわけではありません。私が生んだばかりにこんな災難に遭遇させたのです。私がどんなに夜も寝ないで介護をしても、今となっては何の慰めにもなりません。

私のような不運な境遇になると、いままで親しくしてくれていた友人も遠ざかり、ついには音信も絶えて孤独になってしまいました。当然のことです。誰を恨む事も出来ません。私を慰める言葉が無いからです。当たり障りのない言葉を選んで会話をしようとしても、白々しくて、とても難しい事であり、私のことを気にかけ心配してくれていても、声がかけにくくなるのがよく分かります。

博が救急病院での治療が一段落したと思われるときに、担当医から「これで息子さんは天寿を全うされます」と言われた言葉は忘れていません。天寿とは、辞書を引いて見ると（自然の寿命）と記してありました。

私にも寿命がありますので一日でも早く博の意識が回復することを諦めていません、目を覚ましたら勉強も見てやらなければなりません。なにしろ大分遅れてしまったから、本も読んでやりたいと思います。本なら夫の蔵書があります。哲学、文学、詩も読んでやりたい。博と同じような人三人くらいなら、私でも本が読んであげられる。私も勉強をし、朗読屋さんになろうと、今考えています。

これは、一年前から始まった現象です。いつものように、博の痰の吸引を済ませ、博の手首を持って腕のマッサージをしていました。

（小さい博が両腕を前に出して、ヨチヨチ私の方へ歩いて来ます。桜がひらひら花びらを散らして、ああー博の頭の上に乗った！）

ふーと意識が戻った時には、博の手首に添えていた私の指を、博が力を込めて握っていました。自宅近くの公園に、夫と三人で散歩した日、花見の盛りを過ぎた日曜日の午後の事でした。二十年以上も前の、あの日にタイムスリップしたのでした。(夢を見た) その時は、私もそう考えました。

私自身は、時々呼吸困難や激しい頭痛や動悸に襲われ、首、肩の痛みは日常のことですから、心療内科にかかり、パニック障害と診断されているので、そのせいかもしれないと考えました。

それから四、五日して、その時は、博が少年サッカー大会に出場した運動場に、夫と二人で球拾いに行った日の風景です。全くあの日のまま夫も私も、その時に着ていたスポーツウェアも、はっきり確認できました。

不思議なことに、意識がはっきりした時は首や肩の痛みまで取れて腰も軽く、あのわずかな時間に、ぐっすり熟睡したような感覚になるのです。

始めの二、三回は、何か異変が起きる前兆ではないかと不安でしたが、その後何度も同じような現象が起きると、今では博の身体をマッサージする時は、今日もと期待するのです。間もなくタイムスリップします。これは神様が、私をあわれに思って下さったのに違いありません。私は遂に介護の達人になったのです。

先週のことです、博の左腕のマッサージをしていると、博が反対側の右手で、顔に装着されている器具を外して私の方を向いたのです、お地蔵さんに似た顔つきで血色が良く、ほのかにお香の香りが漂ったのです。私は夢か現実か判断がつきませんでした。

「まあ！　博ちゃん、どうしたの、大丈夫？」

博の左腕の手首を両手で強く握ったまま声をかけたのでした。

「ママ！　ありがとう、もういいのです、少し休んでください。ママは昔から何事も一途で完璧主義だから、夜も寝ないで僕を診ているので僕は辛くてたまりません。僕の不注意でこんなことになってしまって、本当にママごめんなさい」

「まあ！　博ちゃん何を言うのです、あの日はママがぼんやりしていたからですよ！」

「あの日僕は、ママが、台所のシンクの前に立って（もう暗くなるから明日にしたら）と言ったのにママを横目で見ながら、出かけたことはよく覚えていますよ。そして交差点での一瞬の不注意でこんなことになってしまったのです。ママのせいではありませんよ、全部僕の責任です！」

「まあ！　博ちゃん言葉遣いが大人になりましたね！」

「当たり前ですよ、僕は少年ではありません大人になっているのですよ！」

「そうですねー。あの日から九年になりますねー。あっという間でした」

「僕の魂がさまよっている間に、パパは天国へ行ってしまって……、僕が小学生の時から家庭教師を付けて有名進学校へ入学させたのにさぞ無念な思いをしたことでしょう。あんなに可愛がってもらって、僕は何一つ恩返しをしないうちに。パパに逢ったとき僕は何と言ったら良いでしょうか」

「そうですね、パパは博ちゃんに逢ってお話がしたいでしょうねー」

「僕の魂は、この世と天国の間をさまよっているのです。一旦魂が抜け出た身体は、最先端の医療技術で修理しても魂を戻すことは難しいのです。魂の抜けた肉体を無理に動かしていると、魂は天国に着地できないから、僕はパパに逢うことが出来ないのです」

「博ちゃんは、何度も手術をして苦しかったでしょうねー、痛かったでしょうね」

「ママ、魂が抜けた肉体は痛くないのですよ。電信柱に衝突してタンコブを作る方がよほど痛いのです」

「そうでしたねー。私が見ている時にも、おでこを、ぶっつけて倒れたことがありましたね、暗い夜ではありませんよ、お昼にですよ！」


『思い返してみると、僕が小学三年に上がるころ、額のタンコブが絶えないのでママは僕を発達障害だと言って病院に連れて行きましたね。そうしたら「この子は頭脳が良いから、いろいろ考えながら走るからです、心配いりません」とお医者さんに言われたので、ママはそれで、一つのことに精神を集中するための訓練になると言って、僕を空手道場へ入門させ、ママも子供たちと並んで一緒に僕が四年生になってサッカークラブに入るまでの一年あまり、ママと道場へ雪の降る寒い日も休まず、行った日のことは忘れられません。パパに二人で空手の型を演武して見せたことをママは忘れていないでしょう。「なかなか二人とも上手だよ、気合が入っている」と言って褒めてくれましたね。ママが「パパも今度の日曜日に、道場へ行って一緒に空手を習いましょうよ」と言ったところパパが「僕は、けんぽーを知っているから、いいのだよ」と言いましたよねー。ママが「まあ！　パパは拳法を習ったことがあるのですか」と首を傾げたところ、パパが、「僕の拳法は、拳法でも憲法九条だよ」と言ったので、僕が「拳法キュージョーは、どんな技なの」と聞いたところパパとママが顔を見合わせて大笑いしたことは、今でも忘れないで覚えていますよ。

パパは優しいばかりで、僕を叱ったことは一度もないのに、ママには叱られてばかりでした。でも僕を立派な人間にしようとして、叱っていたことは、分かっていました。

ママのこと、僕は大好きです。空手道着の勇ましい姿も目に焼き付いています。お祭りでお神輿を担いだママのこと、夜店の金魚すくいのことも忘れられません。

忘れられない楽しい思い出はいっぱいありますが、中でも僕が中学二年の時、僕のクラスのイジメをママが退治した時のことは、まるでテレビドラマのシーンのようでした。僕と片山くんがクラスのヒーローになったのでした。

あのドラマの始まりは、片山くんが僕の家へ来て僕とどうするか相談していた時から始まったのでしたねー。

あの時のことを思い出してみると、痛快でもなんだか哀しい気持ちが込み上げてきます。黒川くんは今どうしているかなあ、と思います。

あれは、片山くんと話していた僕の部屋に、ママが紅茶とケーキを持ってきてくれた時でした。「まあ、片山くんいらっしゃい、何か面白そうなお話のようね、私にも聞かせて頂戴」と、ママが言ったものだから、片山くんが調子に乗ってママに話したのが事の始まりでした。ママも忘れていないでしょう。

中学二年のもうすぐ夏休みに入る頃の事でしたね、僕のクラスの黒川という男子生徒が、この子は病気か怪我で小学校入学が一年遅れているので、同級生よりも一年年長で、しかも体格が良く背も一番高かったのでした。乱暴はしないけれど、言葉遣いが荒々しいので、みんなが恐れていたのでした。この黒川くんは他のクラスの番長のような奴三人を手下にして、気の弱そうな子に目をつけては、嫌がらせや、イジメを仕掛けさせて面白がっていたのでした。挙句に世界平和基金を寄付せよ、と言ってカツアゲし、仲間を連れてゲームセンターなんかへ行っているらしいのでした。寄付金を持って来い、と言われた子の母親が警察署へ行って相談したら、警察は学校へは行きにくいから先生に相談しなさい、と言われたそうです。先生は黒川くんを腫れ物に触るような感じだし、先生に相談したら誰が言ったかも分かるし、と教室の隅でひそひそ話しているのを聞いた、と片山くんが話すのでした。

「だいたい黒川の奴に誰も対抗する者がいないから、いい気になって親分顔をするのだよ。僕が四、五人同志を集めるから、村上くんがリーダーになってくれ、君は空手をやっていたらしいから」

と片山くんはなかなかの演出家で、文化祭なんかも彼が企画演出をする、やり手で、人を乗せるのも上手ですし、話も面白いのです。

「僕は、空手をやっていたと言っても、小学三年生の時に道場へ少しの間通っただけで、何より道場の先生が空手道は精神道で人と喧嘩をするのに使うものではない、と何時も言っていた。僕が黒川と対決したら、あいつはサッカーが上手だし脚も太いから、僕なんかあっという間に蹴飛ばされるよ」

とまあそんな話をしていたと、片山くんが面白くおかしく話すものだから、ママはお腹を抱えて笑いましたよねー。覚えているでしょう。

「馬鹿ねえ。それはやはり先生に相談して、先生から言っていただくのが一番良い方法ですよ」

とママが言ったものだから、「ダメですよ！　黒川が中学へ入学した時に黒川の父親が校長室で大声をあげ、その時先生方が慌ただしく校長室へ出入りしていたそうで、何か曰くのある人らしく先生方は黒川の父親が所属している団体が来るのを怖がっているのです」と片山くんがママに言ったでしょ。

「それでは、私が黒川くんに言ってやりましょう」

とママが言ったので僕はびっくりして、

「ママが？　ママが黒川くんに直接何を言うの」

「決まっているでしょ、弱いものいじめはやめなさい、と言ってやるのですよ」

「ママが学校まで行って言うの」

「当たり前ですよ、黒川くんの家まで行ってもいいですよ、お父さんに話してもいいではないですか」

「そんなことはダメだよ」

　僕とママの言い合うのを聞いていた片山くんが、

「そうだ、村上くんのお母さんに対決してもらったら面白いと思うよ。学校中の噂になって、効果があると思うよ」と言い出したのでしたね。

　片山くんが本領発揮のシナリオを思い付いたのでした。すっかりママも乗せられてしまいましたね、本当に片山くんは大人でも手玉に取るのですから、頭の良い奴です。そして、あの対決劇が演出されたのでした。金曜日の午後四時、打ち合わせ時間に、中学校の裏門のそばに立っている銀杏の古木の下で僕と片山くんが待っていると、ママが近くの駐車場に乗ってきた車を置いてきたのでしょうか、歩いてきました。レインコートを着ていました。曇っていましたが雨は降っていない、この暑いのにと、不思議に思いました。近くのベンチに腰掛けて陸上競技の練習をしていた十人ばかり三年生のようでしたが、僕と片山くんとママが門柱の陰に立って頷きあっているのを怪訝な顔をしてこちらを見ている視線がなんとなく気になりましたが、間も無く黒川組が現れ、三人の手下を連れてその一人と何やら話しながら校門に差し掛かってきたのでした。僕らの中学校は、大多数の生徒がグランドのある裏門から下校する習慣になっているのです。黒川たちの下校時を見計らって待ち合わせたのです。

「あの先頭の二人のうち背の高い色の黒い方だ」とママに僕が教えましたね。ママは、履いていたサンダルを、足を振って脱ぎ捨て、着ていたレインコートを脱いで、ささーっと、すり足で進み、黒川くんの前に立ちはだかりましたね。空手道着姿でした。僕はびっくりしました。どうして空手道着なのか、もちろん白帯ですが、結構さまになっていました。さすがの黒川くんも驚いた顔つきでした。いきなり空手道着を着たおばさんが目の前に立ちはだかったのですから。ママも女としては背の高い方ですが黒川くんの方が十センチは高く見えました。

「黒川くん！　君に話があるのです！」彼は呆然とした顔つきでした。

「黒川くん、君は世界平和基金を寄付しろと、同級生にお金を出せと言っているらしいが、誰に断ってそんなことをしているのですか！」

彼は息が詰まったような顔つきで返事に困っているような様子でした。

「返事が出来ないのですか！」

彼は苦しげな表情から抜け出すように大きく息を吸い、

「そんな個人情報が言えるかよ！」

と言って、一歩前に出ました。

「何を言っているのですか！　そんな個人情報がありますか！　聞くところによると、君のお父さんは、その団体の偉い人と聞いたけど、君が言えないのなら、私が君の家に行って、お父さんから直接聞きましょう、お話を聞いた上で、私も応分の寄付をしますから、君は学校でお金を集めることはしないで下さい、分かりましたか！」

ママの甲高い声に、彼は言葉に詰まったような表情で、何をー、と言いながら、何となくママの方へ詰め寄ったので、僕はとっさに門柱の陰から飛び出して、ママの前に両腕を広げ黒川くんの前に立ちふさがったのでしたね。片山くんも僕に続いて飛び出し、僕と同じように彼の前に立ったのでしたね。黒川くんは、ママに乱暴をしようとしたのではないのですが、言葉に詰まって何となく詰め寄ったのでした。ママも忘れてはいないでしょう。黒川くんは驚いたようで目をまん丸くして、

「オー、ひろしのママか！」

誰が見ても僕とママはよく似ているので、母子とすぐ分かるのです。それにしても黒川の奴は僕をいつも「ひろし」と馴れ馴れしく呼ぶのでした。先生でも村上くんと言ってくれるのに、本当にきにくわん奴です。僕は黒川くんを睨みつけてやりました。後ろの方でなんだか人のざわめきを感じたので振り向いてみると、さっきから陸上競技の練習をしていた十人ばかりが、ママの後ろを取り囲むように並んでいたのでした。ママの甲高い声はよく通るので聞いていたのでしょ

う。その上、黒川くんたち四人を見ればなんとなくあまり実直そうには見えません。黒川くんも手下も驚いたことでしょう。目の前にいる僕と片山くんに僕のママ、その後ろに三年生の陸上競技部の選手たちが並んだのですから。

黒川くんは一瞬怯えたような目をしたのが僕には分かりました。彼は気を取り直したように、サッと、右手を僕の方に向けて挙げ、手下に目配せをして、そそくさとした足取りで、裏門から出て行きましたね。

その日から黒川くんは登校して来なかったのです。どうしたのか気に掛かっていたのですが、三日経過した火曜日にクラスの担任の先生から、黒川くんはお父さんの仕事の都合で他県に転出したと聞かされました。黒川くんがいなくなってから、よく考えてみると、そんなに悪い奴ではなかったように思えるのです。言葉遣いが僕たちと少し違うし荒々しいのと体格が強そうで、なんとなく皆が敬遠するものだから、彼も意地の悪いことを、していたと思うのです。

黒川くんのお父さんは、三年前に転入してきたそうで、政治団体のリーダーらしく、人に頼まれては市役所へ行って大声をあげていたそうで、そのことでは有名人らしいとのことでした。このたびの転出はすでに決まっていたことで、ママと僕たちが黒川組と対決したことが原因ではないのです。それはクラスの情報屋の山下君から聞いたのでした。黒川くんのお父さんは二、三年ごとに他県に転出する職業についていて、そんな家庭環境の中で、父と息子の二人家庭になったのでした。お母さんがいないのでした。寂しかったことと思います。

クラスの多くは嫌な奴がいなくなった、という感じでしたので僕と片山君がヒーローのようなことになってしまったのでしだ。それはあの時に陸上競技の練習をしていた選手の誰かが、クラスのものに、大袈裟に面白く話したらしいのです。

黒川くんは僕と友達になりたかったのでしょう、親しげに博と言って近づいていたのを、僕は避けていたのでした。片山くんに黒川くんの家庭のことを話したところ、人は生まれながらに避けられぬ運命というものを持っているのだ、と悟ったようなことを言いました。

この世は諸行無常、今日不幸でも明日は幸せになるかもしれない、今日幸せと思っても明日は分からないというのでした。僕は優しいパパとママがいるから幸せだと思いました。片山くんは、光元寺の次男ですから住職のお父さんから教えてもらうのです。この世とあの世、天国と地獄の話もよくしてくれたものです。

片山くんは今、どうしているでしょうか。僕が救急病院にいた時、先生に連れられてクラスのみんなが見舞いに来てくれましたよねえ。片山くんたちはいつも四、五人で、何度も来て、僕の顔を心配そうに覗き込んでいました。僕は分かっていたのです。魂はさまよっていても、全部見えるのです。僕の身体が回復しないことが分かってからは、ママを慰めようがないので、片山くんたちは来なくなったのです。さすがの片山くんも、ママに諸行無常とは言えなかったのでしょう、僕にはよく分かるのです。

ママに辛い思いをさせて、九年になりますが、僕はママを残して天国へ行くのは気掛かりです。しかしこのまま身体機能が回復する見込みもないのにママに甘え続けていては、ママが倒れてしまいます。僕は天国へ行ってもパパがいるから安心してください。人は避けることのできない運命を持ってこの世に生まれてくるそうです。そうしてその試練を乗り越えてあの世へ帰るのです。身体は滅びても魂は転生輪廻を繰り返すのです。人は死んでも死んでいないのです。片山くんが教えてくれていたのです。片山くんは勉強家で博学者でした。片山くんの言うことは真実のことです。ママのことは心配ですが僕は天国へ行くことを決心しました。ママに何一つ恩返しもしないで、ママ許してください。本当にごめんなさい』

博と話しているうちにタイムスリップした陶然の中で、私は博の左腕を両手で持って顔を伏せていたのでした。夢か幻覚の中で博が語るのを聞いていたのでした。

あなた許してください

友子

あなた許してくださるい。私はあなたにとっては、本当に貧乏神でした。私があなたの妻になったばかりに、こんな不運な人生を送らせることになってしまったのです。

博が、あの時「ちょっと友達のところへ」と言って出たあの日に限って、どうして私はもっと強く言って引き止めなかったのでしょうか、どうしてあの日に限って、ぼんやりしていたのでしょうか、あの日が境目です。それまでは幸福な天国のような家庭でした。

優しい夫と可愛く素直な博に恵まれ、毎日楽しく希望のある日々でした。その楽園を、いくら考えても、私が不幸の切っ掛けを作ったのです。いくら後悔しても、無念で気が狂いそうです。

あなたは「君の所為ではないよ」そんなに自分を責めるのはよしなさい。まして、先祖の業を背負っているなどと考えるのは間違いではないか、と言って私を慰めて下さいました。

私の出身地は、日本列島最南端の地にある一寒村です。村の存在する県は、維新前は政争の激しい藩で、私の先祖は代々村の指導者として、村の存亡、村人一人一人の生命にも関わることも、自身の判断と行いによって現在はともかくも、先の代にも村人に報いがないことを願いながらの一生を過ごしたと思われるのです。その実情は、日誌に詳しく書き綴られていたのでした。先祖の業とは、祖父がよく使っていた言葉で、私の胸に刻まれたのでした。

私は早くから両親兄弟を失い、一人の伯母が、有り金を私にもたせて、東京の私立女子大へ進学させ、寄宿舎に預けてくれたのでした。「村のことや先祖のことは忘れて自分の将来のことを考えなさい」と言って伯母は私を見送り、間もなく亡くなったのでした。私の幸せを願い、自身の寿命の残り少ないことを察していたものと思います。私は先祖のお墓も見捨てて上京したのです。

そのおかげで、あなたに巡り会ったのでした。その幸せを私の行いによって失ってしまったのです。誰を恨むこともできません。先祖の業としか言いようがないのです。先祖のお墓を見捨てた報いでしょうか。

あなたは「僕は北国の出身だが、君と同じようなものだよ」と、言って、詳しいことは一言もお話になりませんでしたが、あなたは、育ててくれた故郷には、「僕は成功したらいつか恩返しをしようとは考え続けてはきたが、まだ実現していない、歌の文句にある通りだよ」と言って苦笑していましたね。そうして、改めて姿勢を正し、「すべての生物は、紙一重の差で生命をつないでいる、と僕は考えているのだ」と、あなたは話してくださいました。「人は自分の努力だけでは、どうすることもできないのではないか、いつ誰が、どこで、どうなるか、それは誰にもわからないことでしょう」と言って私を慰めてくださいました。

あなたは科学者として研究室で神経を消耗するお仕事を永年続けながら、私たち家族に対しても誠心誠意向き合ってくれました。私が作った料理は、何時も美味しい、美味しいと言って食べてくださいました。私はいつもあなたに感謝していました。

ネクタイも上手に結ぶことができない人でした。コンビニのおむすびに、海苔も巻けない不器用な人でした。私がしなければ、釘も打てない人で自分の指を打って、あ！　痛い！　とあなたが指を舐めていたことも今でも忘れられないのです。そんなあなたを九年間も一人にして、私は博の介護のことで夢中で、すっかりあなたの生活のことを考えなかったのでした。あなたは、毎日コンビニのお弁当を食べて会社へ行っていたのでした。私はどうしてあなたのことを考えなかったのでしょうか、自分でも今考えても分からないのです。

あなたは博の事故後間も無く（パーキンソン病）と診断され、手足や首を曲げる事も不自由になったのに、私には詳しくお話になりませんでした。あなたが倒れてから、いかに大変なことだったか、知ったのです。私と博に逢うときは、自分の体調が悪いことは分からないようにされていたのでした。ヘルパーの山本さんが、博ちゃんを施設に預けて、二、三日おきに介護してあげてはどうですか、と言って下さったのに、私は少しの油断でも博の呼吸が止まると考えて、人に任せられなかったのです。博も大切ですが、あなたのことを考えなかった私は、一体どうしたのでしょうか？　コンビニのお弁当を食べ続ける日を送りながら、あなたは亡くなったのです。私は本当に非常識な貧乏神でした。先祖の業というよりも神様の罰が当たったのです。

あなたが玄関で倒れた日は、お隣の井上さんのご主人が電話をして下さいました。井上さんは、毎日あなたが門柱に取りつけられた郵便受けに配達される朝刊を、朝早く取り出していたことを知っておられたのです。その日は定刻すぎても新聞があるので玄関を見ると引き戸が十センチくらい開いていたので、不審に思って門柱に取り付けられた扉の掛金を外し通路を歩いて行き、玄関を開けてみると、あなたがうつ伏せに倒れていたそうです。すぐ救急車を呼んで市民病院に搬送したものの、手遅れだったのです。

私が病院に行った時は、あなたの顔に白布がかけられていたのでした。私は、涙が枯れてしまいました。私は、子供の時から肉親の野辺送りばかりしてきたのです。あなたと結婚してからは人の死とは無縁に思っていたのでした。私は気を取り直し、一人で法要を済ませ迷わず鶴見大学医学部へ電話をして、あなたの遺体を大学へ見送りました。二年先に遺骨を返還する、と言われました。あなたがパーキンソン病と診断された時、この病は解明されていないことが多いので、僕は医学研究のために献体すると私に言われましたので、それではと、私と博は岐阜大学へ申請し、大学から献体会員の証が送られてきたのでした。

あなたの死後、田川法律事務所へ来てくれと言われ、弁護士さんからお話を聞いたのです。それは、財産等の相続のことでした。あなたは、自分の死後の手続き等を全部依頼されていたのです。

横浜の自宅の売却、出身地に残っている土地の売却、保険、税務の手続き等、私が困らないようにと、全て弁護士に依頼されていたのでした。私は、あなたの行き届いた深い愛情に、ただただ涙にくれるばかりでした。

それに引き換え私は、なんと浅はかで目先のことしか気がつかないバカで、本当に貧乏神であることがよく分かったのでした。

博があなたのところへ行きたいと言いましたので、私からの手紙を持たせようと思いましたが、私も博と一緒に行くことにしました。あなた許してください。

完

生死紙一重

僕が高校三年の夏休みも終わり新学期が始まって間もなく、姉が暗い顔をして笑顔がなくなったのに気がつき訳を聞き出したところ、男に付きまとわれていると言う。

「警察へ相談に行ったほうがいいんじゃない？」

と僕は言ったが、

「かえって逆上し何をされるか分からない。職場の人に知られるのも恥ずかしい。そのうち諦めると思うから放っておきましょう」

と言ってカーテンの隙間から外を窺う。

その男、姓名は右田京一、健康保険証記載の住所は京都市、二十三歳職業とび職、姉の勤めている病院に肋骨骨折治療のため入院していた患者とのこと。姉は看護師として共済病院に勤め始めてようやく一年余りになる。姉は優しばかりが取り柄で凛としたところがないので、その優しさが災難を招いたのではないかと僕は思った。

この二月に母が心筋梗塞で急死、母と三人の母子家庭が姉と二人になってしまった。五年前に父を亡くし母が一人の働きで姉と僕を高校に進学させてくれた。僕は頼りの母を失った姉のことが何よりも気がかりで姉を守らなければ、と考えると拳が震えるのだった。


その日姉が「あっ！　また来てる！」と言うので僕もカーテンの隙間から見ると、右田は疎林の中に立って、僕たちの部屋の方を見ているような姿で立っていた。こちらはカーテンの隙間から見るのだが、目が合ったような気がした。つつじの垣根は低いので彼の全身が見える。ねずみ色の作業服で、下衣は足首のところにバンドが付いた普通のズボンの二倍くらい裾が広く袋状でペラペラした材質の黄色。

「あんなサーカス団のピエロのようなズボンをはいて職場では何も言われないの

だろうか」

　僕がつぶやくのを聞いた姉が、

「あれは目立つように着替えてくるのよ」

　と言う。腰には幅広のバンドを閉め、顔は男にしては色白二十三歳にしては老けて見える。僕は熱帯雨林で赤と黄色の羽をひらひらさせて求愛する鳥をテレビの映像で見たことがある、あれに似ている、この男は普通の人とは感覚が違うと思った。

「よし！　今から僕が右田に話をつけてくる」

　と姉に言って、学生服を脱いでスポーツ着に着替えようとしていると、

「よしなさいよ、まるで道徳心がない人なのよ、何をされるか分からないわよ」

「とにかく会って話してみる」

「あ！　居なくなった」

　と姉が言うので、代わって見ると彼の姿は消えていた。この日から僕も帰宅すると、カーテンの隙間から右田が立っている辺りを見ることが習慣になってし

まった。

僕たちが借りて住んでいるアパートは、鉄筋コンクリート二階建て四世帯型で、東西に通じる市道に沿って横長に建てられている。道路越しに見える二階部分を見上げると、コンクリート製パネルの手すりの付いた掃き出し窓の上部分と、軒下の物干し竿が見える。玄関ドアは一階、二階ともベランダとは反対側にあり、二階は建物東端の市道側から上がり陸屋根が張り出している建物沿いに設けられている幅一メートル余りの通路から入る。僕たちの部屋は、階段を上り詰め左に折れるとすぐドアがある、アパート前面の市道（幅四メートル、歩道なし）を横切ると、東西二百メートル、南北百メートルあまりの公園になっている。

この公園は東西両側と南側も市道で（南側はバス道）東西どちらからでも入ることができる。

維新前は、下級武士の住んでいた組屋敷地区で、士卒の訓練場を兼ねた雑木林に囲まれた当時の現状のまま、周囲を疎林状にして中央部分が砂地の広場になっている。広場を取り巻く周囲の疎林との境目はなく、灯篭などの特別な構造物は見当たらない。南北の道沿いには、つつじが垣根状に植えられ、東西の中央部分に設けられた入り口には、特に門柱などはなく、道路と低木の多い疎林が一体となった設計で、四輪車の侵入を防ぐために二メートル間隔にコンクリート製の杭が打ってある。アパートのある地区と同じように、公園の周囲は住宅地区で、人の出入りの少ない静かな環境である。

その日は姉が夜勤だった。六時半まだ外は明るい。帰宅してカーテンの隙間から見ると右田がいたのだ。

よし！　僕は決心して、学生服のままズックのひもを固く締め階段を駆け下り公園の東の入り口へ回り、彼の立っているところへ疎林の中を歩いて近づいた。右田は僕が近づく気配に気づき後ろを振り向き、体をこちらに向け僕がそばに行って立つまで不審気な顔付きで、こちらを見た。

何時もの出で立ちで、背は僕（百六十センチ）より高く筋肉質で体格は良い、

なかなかのハンサム、地下足袋履き。三メートルくらいに近づき、

「右田さんですね、僕は島本美津子の弟の純一です。あなたにお願いがあるのです」

少し膝が震えた。柔道の試合で緒戦はいつも膝が震えるので同じだな、と思った。

「姉は、あなたに付きまとわれて困っています。姉に付きまとうのは止めてくれませんか」

「何！　弟！　未成年の出てくる幕かよ！　うるせえ！」

京都弁では無い？

「姉に代わって僕が姉の意思を伝えるのに未成年は関係ないと思います」

「俺が何時、付きまとったんだ！」

「僕の言い方が悪かったら謝ります。四、五日置きに、ここに立って僕たちの部屋を見ているじゃないですか、姉が怯えているのです」

「うるせえ！　俺が何をしようと個人の自由だ！　おめえには関係ねえだろうが！　未成年のくせに偉そうなことを言うな！」

と言って前に出てきて僕の両肩を掴んだ。何をする気か？　と、僕は一瞬思ったが、彼が僕の肩を押してくるので、そのままでは後ろに突き倒されるので、退がりながら彼の作業着の胸のあたりを右手で、左手で彼の右袖を掴むと同時に押してくる彼の左足が出たところを思わず払ったのだ。ズックを履いた足で感じが違うなと思ったが、彼はストンと尻餅をついて、僕の方へ顔を向け形相が変わったのが分かった。しまった！　僕は先に手を出してはいけないと心の中で思いながら、つい、日頃の柔道の練習の癖が出て足が動いてしまったのである。彼は立ち上がりながら腰のベルトから先の尖った金ものを引き抜き、尖った方を下にして僕の方へ詰めよって来る。ちらっと見ると刃物ではない、後で知ったのだがラチェットトレンチという工具だった。

僕は彼の無機質な目を見ながら後ろへ退がると前に出てくる、この男はストーカーはしても、人とつかみ合うような格闘をしたことはないと直感した。僕は二年余りだが柔道を練習している、高校柔道といっても柔道を知らない人に怪我をさせたら罰せられる。しかし、これでは話し合うのは無理だ。このままではレンチを突っ込んでくるだろう、僕は心に決めた。

僕は彼の方を見ながら、横向きの姿勢で疎林の中の比較的に広い場所の方へ逃げるように少しずつ後退《あとずさ》りに速度を速めた、彼はつられて左手にレンチを握ったまま追ってくるのだ、頃合いと言ってもほんの二、三秒、前に出てくる彼の両袖を掴むと同時に引き寄せて、ストンと後ろ向きに腰を落としてそのまま、尻を地面につけると同時に右足のズックの裏を彼の金的右横の太ももに当てて、型通りの巴投げを打ったのだ。瞬間に僕は彼が頭から落ちないように、足の跳ね上げる力と手を離すタイミングを考えたように思う。僕は彼を飛ばすと同時に膝を立てて地に落ちる彼を見て、立ち上がり彼のそばに跪いてみたが、彼は一メートルくらい仰向けに飛んで伸びてしまった。

見ると、うーんと唸って、目をつむっている。疎林の中だから比較的に地面は柔らかいのだが、受け身を知らない人間が投げ飛ばされると大きな衝撃である。僕は大丈夫と考え、近くの葉の茂っている低木の陰に隠れて、彼の様子を見ていた。三分くらい、仰向けに身動きもしないで寝ていたが、寝床から起き上がるようにして立ち上がり、背中や腰に腕を回してさすりながら、歩いて東側の入り口の方へ行くので僕は後をつけた。彼は入り口の疎林の中の木陰に止めていたバイクに跨がってヘルメットをかぶり市道を南の方へ走り去った。原付ではなく大きな流線型をした新車で、音が静かだった。

それから一週間くらい経過した月曜日。

「まあ！　これは大変！」

姉の悲鳴に驚き、玄関に行ってみると、姉が指差す方を見るまでもなく、開いたドアの前の通路に生ゴミが足の踏み場もないほど散乱し、悪臭を放っているのだった。僕は右田の仕業と直感した。中学三年の時に、級友の机の引き出しにゴミを入れる奴を見た覚えがあるからだ。あんなことを思いつくのは、生まれつき性格の異常な人間しかできない。

アパートのゴミを入れる共用の箱は、階段の近くの道路脇に設置されている。その共用の箱の中から生ゴミの入ったビニール袋を持ち出してきて、袋を割いて

ぶちまけたのだろう。僕が散乱したゴミを集めて清掃していると、二階の隣室に入居している小倉さんが、

「犯人がわかっているのなら、私が、警察署に行って相談してきてあげるよ」

と言ってくださったのだが、僕は、

「本人が知らない、と言ったら、証明できないから、とにかく、また同じことを繰り返すか様子を見ます」

と言って右田のことを聞いていただいた。小倉さんは五十歳過ぎの風采の良い方で、大手の建設会社の支社長さんとして単身赴任されている。


登校時刻に遅刻した僕が席に着くと、周りのものが臭いというので僕は身がすくむ思いだった。掃除をした時に手の皮膚や、頭髪に匂いが染み付いたのだろう。岸田くんが一体どうしたのだよ、と言うので昼の休み時間に、姉に付きまとっているストーカー右田のことを話したところ、

「よし、俺たち柔道部の仲間が、その右田を二度と悪さをしないように痛めつけ

てやろう」

と言うので、

「そんなことをしたら、相手が逆上して、学校へ放火でもしたら大変だよ。少し頭が変な奴だから」

と僕は言った。

その日から三日経過した金曜日、柔道の練習を終え仲良しの四人いつものように連れ立って、校門を出たところで岸田くんが突然、

「今から島本のアパートへ行っても良いか」

という。

岸田くんの自宅は帰途の途中だが、山田くんと山根くんは反対方向だ。岸田くんが僕の姉のストーカーのことを二人に話したのだな、と気がついた。

岸田くんたちは、アパートの階段の周りを見て回っていたが、僕の部屋へ入ってカーテンの隙間から交代で公園の方も見ていたが、山根くんが、

「あれ！　黄色いひらひらした鳥の羽のようなズボンを履いた男が立ってこちら

を見ているぞ！」

と言うので僕が代わって見ると、なんと右田ではないか。

「あの男だ！　よし今日こそ思い切り地面に叩きけてやろう！」

と言いながら僕はスポーツウエアに着替えるため制服を脱いだ。

「待て、何か企んでいるのかもしれないぞ？」

「なあーに、今日俺たちが来た日に来るとは天の配剤だよ、みんなで痛めつけてやろう！」

「待て、みんなが行ったら逃げてしまうぞ」

山田くんが、

「島本に投げ飛ばされて、とてもかなわない、と分かっているのに嫌がらせをしたのは、島本のお姉さんのことよりも島本に仕返しをしようと、何か企んでの誘い出しじゃないのか」

と言う。

山田くんに言われて僕は冷静になり考えてみると、右田は、まだ姉に暴力的な行為はしていない。僕と向き合った時にも、いきなり暴力的な行為に出てきたわけでもないいし、言葉遣いが悪いが僕の肩を掴んだ時も、その後をどうするか彼は何も考えていなかったような気がする。僕に出足払いされて、腰のレンチを引き抜いたものの、それを振りかざしたり構えたりして攻撃してきたわけではなかった、案外そんなことは出来ない性質かもしれない。人に優しくされると、異常な行為に出る、マザコンのことは何かで読んだことがあるが、よく分からない、その方の病的な性格かもしれない。僕の方が乱暴なことをして、怪我でもさせたら柔道に汚名を着せることになる、取り返しのつかないことになるかもしれない。今日は本当に彼が僕に対して何か悪いことを企んでいるのか、よく相手の出方を確かめて、どうするか考えた方が良いかなあー。姉のことも、もう一度丁寧に話してみよう。と思い直したのだ。

「僕は公園の東側の入り口から右田の立っている場所に行くから、三人は西側から行って彼に気づかれないように来て。僕と右田が向きあってから成り行きを見て出てきてくれよ」

と言って山田くんたちと打ち合わせた。僕はまるで運動会の競技に出場するような気分だった。何しろこちらは四人、右田と初めて対決した時のような緊張感は全くなかった。アパートの階段を、姿勢を低くしてこちらを見ている彼に見られないように降りて東西に分かれた。

僕が疎林の中を歩いて、彼が立っている辺りに近づくと、気配を察したのか僕の方へ歩いてきた。根元に枝が多く出て葉の茂っている低木が比較的に多い場所の方へ誘導するような気がした。ははあー、広い場所を避けようとしているのかな？　と僕は思いながら特にだまし討ちにする仕掛けは無いと感じながら、三メートルくらいまで近づくと、お互いに目を見合わせたのだ。

彼は相変わらず無機質な目で、特に怒ったり不安げな目つきでもないと思った時、後から、いきなり二人の男が両脚にタックルしてきたのだ。タックルと言うよりもしがみついてきた。僕は少し前によろめきながら踏みとどまると同時に右足に取り付いている男の後頭部首筋に、普段は使わない空手道の技、肘打ちを食らわすと、簡単に手を離し右横に転げた。左足に取り付いている男を打とうとした瞬間、岸田くんがその男の後ろから襟絞めにして僕から引き離し、右に転がった男は、山根くんが同時に飛びかかって同じように襟絞めにしたのだ。

　正面を見ると、山田くんが、どのように右田の後ろに迫って行ったのか、後ろから彼の両脇の下から手を回して立ったまま彼の足が浮くように持ち上げて襟絞めにしている。山田くんと右田の身長は同じくらいだ、右田は苦しそうに両手を挙げ手の平を正面に向けて降参という仕草をしているのだった。

　岸田くんと山根くんが、それぞれ襟絞めした二人の男を右田の横に引きずるようにして立たせ、山田くんは右田から手を離し、僕が立っている側の方へ移動して四人が並び、右田の方は三人が横に並んでお互いが正面に向き合う形になったのである。右田は右手の平をこちらに向けて参った、と言う仕草をして苦笑いの表情をしている。他の二人の男は白い歯を見せ、全く悪びれた表情がない。二人とも三十歳にはなっていないように見えた。身長は百六十センチ前後、色黒で土木関係労務者風の善良そうな風貌で、一人はしきりに首のあたりを右手で撫でている、僕がひじ打ちしたところが痛いのだろう、僕は拍子抜けしてしまった。僕は何一つ言葉もなく、右田も何も言わないまま、右田は二人を促して、僕たちの方へ、挨拶のつもりか右手を挙げて彼を先頭にして二人が後ろに並んで東側の入り口の方へ向かって歩き始めた。僕たちもそれに釣られるように、山田くんを先頭に一列に並んで右田たちの後ろから歩いたのだ。全く不思議な行動としか言いようがない。僕は右田に何か言うべきだと思いながら何も言葉が思いつかなかった。どうしても言うべきことが浮かんでこないまま公園の入り口で立ち止まったのである。右田たちは、木陰に止めていたバイクを引き出して市道を南の方へ向かって出て行ったのである。右田は二人乗りで、他の一人は別のバイクに跨がって、みんなヘルメットをかぶって僕たちに見向きもしないで行ってしまった。

僕たちは、その後それぞれ自分の家に帰るため別れた。右田は、三人がかりで僕を捕まえて何をしようとしたのか、戦国時代の話に出てくる人質にして姉と取引しようと考えていたのか？　まさか？　右田というやつは全く変な奴だ、潔よく参ったという表情で手を挙げたのだ。思い出してみると、おかしくて笑ってしまう。今度こそ、諦めてもう姉のことも心配しなくても大丈夫と僕は確信したのであった。

参ったという仕草をして別れた右田は、今度こそ姉のことは諦めたろう、と僕は何度もあの日のことを思い出しながら安心していた。

午後七時頃、外は暗くなっていた。姉は夕食後の洗い物をするため、キッチンのシンクの前に立っていた、僕は自分の部屋でノートを見ていた。

カチ！　二、三秒、間をおいてカチ！　と、ベランダ側にはめ込まれた網戸のある掃き出し窓が音を立てた。僕は、はっ！　として、膝を立てて身構えたのだが、しばらく間をおき、今度は網戸のない方の窓が衝撃を受け、ガチ！　という音と同時に風速五十メートルにも耐えられるというガラスに、蜘蛛の巣状に、二、三本のひびが入ったのである。僕は考える間も無く身体が反応してズックをはき、ひもを固く結んだ。アパートの玄関はリビングもキッチンも同じ区画なので、気配を察した姉は青ざめた顔をしていた、

「よしなさい外は暗くなっているわよ！　何をされるかわからないわよ！　純

―！　よしなさい！」
僕は姉の悲鳴のような声を聞き流してドアを押して出た。階段を駆け下りた時に、小倉さんに会った。ちょうど帰宅されたのだった。僕は話す間もないので軽く頭を下げ、そのままアパート前の道路へ出て公園の東側入り口に通じる市道の方へ走り、中央部あたりの入り口付近にさしかかったと思われる時、コンクリート杭の間からバイクが出てくるのを目視したが考える間も無く、あっ！　という間に僕の正面に来てライトで照らされ、僕は目がくらみ、ライトが正面から突っ込んできたのは分かったが体を交わすタイミングがつかめず、身体全体に衝撃を受け闘牛士が牛の角にはねられて空高く飛ぶ映像が目に見えたが、すぐ真っ暗になった。

僕は無意識に鼻に差し込んであるチューブを両手でつかんでズルズルと引き出した、今でも胃の中から長い虫が出てくるようで気持ち悪い感触が残っている。

ようやく目が慣れて見回すとベッドの上で、部屋には僕の他に誰もいない。ベッドは五台並んで物々しい科学機械が部屋の両側に並びガラス窓から白衣の人影が見えた。集中治療室だと分かった。起き上がり少しよろけたものの素足で歩いて、部屋のドアを押したところ出会い頭に看護師さんが立っていた。

「ま！　驚かさないでください！　一体どうしたのです！　寝てなきゃダメですよ！　まあ大変！」

と悲鳴を上げ、同僚を呼んで僕を部屋に押し戻した。僕は手足も動くしどこも痛くないし家に帰りたいと言ったが、

「何を言っているのですか、とにかく朝になったら先生と相談するから」

というので渋々ベットに戻って横になり、日時を聞いて僕は四十八時間この世にいなかった、と言って良いのか、この場合医学的にどう説明したら良いのか、死んではいなかったし頭もやられていなかった。死ぬ時は一瞬の間に、それまで過ごしてきた一生の出来事が映像で見える、と聞いたことがあるが、そんな映像は見なかったが確かに牛の角にはねられる闘牛士の姿を見た。

全く眠れない。とうとう朝までイライラしながら担当医の先生が出勤されるのを待った。先生は四十歳くらいの笑顔の優しい方で、僕の訴えを聞いて頷いていた。

　僕の体は、事実どこも異常がなく、どこも痛くなかった。診断は脳振盪、急性硬膜下血腫（翌日には血腫は消えていた）僕は無意識のうちに受け身をしたのだろう。結局僕は三日目の朝退院したのだ。アパートへ帰ると真っ先に姉に電話をし、昼休みの時を見計らって高校へ登校し担任の河合先生に報告したところ、先生は直ちにクラス全員を集めて、僕が入院した経緯を話してくださった。

　みんなは、先生から聞くまでもなく、おそらく姉が知らせた山田くんから聞いて心配していたことと思う。全員一斉に立ち上がり島本頑張れと言って応援歌を歌ってくれた。僕もみんなに和して大声で歌った、あんな嬉しいことは無い体育大会で優勝した気分だった。

　その日は午後の授業を受け柔道部の部活にも参加した。退院する時に一ヶ月は柔道を休むように言われたのでその日は後輩の口頭指導だけにした。

その日は姉と揃って小倉さんのところへお礼に行った。

僕がバイクに跳ね飛ばされたあの日、小倉さんは、アパートの階段下で僕と出会ったが、僕が軽く頭を下げ、思いつめたような表情で市道を東の方へ小走りに行く姿を見て、これは、となんとなく胸騒ぎがし事件になるようなことになっては大変と思い後を追って走ったそうである。

公園の東側の市道へ踏み入った時に、ちょうど横倒しになったバイクを起こして跨がり、南の方へ走り去るヘルメット姿の人影を街灯の明かりで見ながら後を追って走ったところ、その人物がバイクに跨がった辺りから十メートル先、ほぼ公園の入り口近くに僕が倒れているのを見て駆け寄り、血は流れていない、大丈夫と先ず判断したそうである。小倉さんは携帯で一一九番と一一〇番へ、ひき逃げ！　被害者は西運動公園の東側入り口前に倒れている、と電話をしたところ、たまたまパトカーが近くを巡回していたらしく一分もしないうちに到着、直後に捜査班も到着し現場の遺留物等の捜索を開始したところへ救急車が来て僕を日赤の救急へ搬送したそうである。

姉はパトカーに続き救急車の信号音を聞き、アパートから駆け出し公園の現場に来た時は僕は搬送された後だったが、ほとんど半狂乱状態で小倉さんは、看護師がそんなことでどうする、と何度も叱ったらしく、

「お姉さんが一番大変だったよ」

と小倉さんに言われて、姉は、恥ずかしそうな顔をしていた。小倉さんは僕が運ばれた病院と、警察署への対応で忙しかったと当日のことを詳しく話してくださった。

この事件の結末は、現場で収集されたバイクの方向指示器の破片が、右田の乗っていたバイクの損傷箇所に合致した。これはバイクが僕と衝突した時に破損したか、衝突後ハンドルを取られて横転した時のものかは分からないが、事故現場で収集された破片に相違なくそのバイクは右田の職場の仲間の所有物で、彼は無免許でいつも使用していたのだ。

右田が犯人と推定されたのは、アパート前の市道に面する公園の、つつじの垣

根の陰に突っ込まれていたレジ袋の中に残っていた百ミリリットルのドリンク剤入り小瓶に付いていた指紋で判明した。ドリンク剤入り小瓶は中身の入ったまま、レジ袋の中に二本買ったコンビニのレシートまで入っていたというのである。ベランダに落ちていた三本も、割れていたが同じ指紋でこの小瓶は中身が入ったままの重量だと手投げ弾として投げるのに最適な物体らしく、石を探すよりも手っ取り早く、よく考えついたものだが彼の犯行は本当に間の抜けた話で、おそらく彼は脳に障害があるのだろう、三ヶ月前に大阪の西京署から、こちらの警察署へ捜していると連絡されていたので即座に犯人が特定された。右田は覚せい剤所持の前歴もあり他の事件の関わりで西京署が捜していた。二、三人のグループで法人を名乗って建設現場の作業する風来坊で、もちろんとび職でもないし法人でもない。右田は僕をはねた翌日大阪西京署から出張してきた担当刑事に逮捕された。

僕が無念に思うことは、右田が姉にストーカー行為を始めた時に警察署に相談に行けばよかったのだ。早く警察署へ行っていたら彼の指紋が送られてきているのでその場ですぐに解決し、彼がバイクで僕を飛ばす事件は起こらなかった。腕力では僕にかなわないから思いついたことで、未成年の僕に投げ飛ばされたのがよほど悔しかったのだろう、僕が彼の犯行の原因を作ったと思う。僕は彼に申し訳なく悪いことをしたと、この事件を担当した刑事さんに訴えたところ。

「君は事実を正確に話せば良い、君の思いを訴えることはないのだ、この世は人々の公正と信義に信頼していれば平穏に暮らせるものではない、人の知能も心も様々だよ。ここは平和で犯罪のない社会を願って勤めている専門家に、右田のことも任せれば良いのだ気にすることはないよ」

と言われるのだ。

「でも、僕の所為で警察に捕まって」

つぶやきながら俯いた僕の両肩を左右の手でつかんだ刑事さんが、僕の顔を覗くように首を傾けて、

「純一君、君は生死紙一重の目に遭ったのだよ、運が悪かったら寝たきりの身体になったか、即死したかもしれないのだ。慎重な君が何故あの日に限ってお姉さ

んが止めるのを振り切って飛び出したのだよ。大型バイクで突っ込んだ右田は、頭が弱いでは済まされない、こんな奴が不起訴になることもあるのだ、検事にも弁護士も裁判官にも様々な考えを持つ人があるから。

男は社会に出たら命がけの決意をしなければならない時もあるが、純一くんはまだ先のことだ、それまでは健康に気をくばり身体を傷つけないように大切に心がけていなければいけないと思う。人は優しいばかりでは生きては行けない、分かるかな？」

僕が顔を上げると刑事さんの優しい目が僕の眼の前で光った。

平成二十五年十月に行われた市政百五十周年記念行事のことは、その日の姉の生き生きした笑顔が忘れられない。その日は、市内五カ所に市民のつどい会場が設けられ、バスが巡回して多くの市民で賑わった。

アパートの前の公園は、市民健康のつどい会場となって広場に多くのテントが張られ、医療関係者が机を並べ市民の健康相談を受け、姉も朝早くから忙しそうだった。疎林の中には多くの露店が並んだ。

市の体育協会が主催した市民スポーツのつどい会場は、県の競技施設で行われ多くの少年スポーツクラブが参加した。僕らの柔道部も要請されて協力し僕と山田くんは模範演武に出場した。

二期目の名物市長さんは、会場を回って忙しそうだった。この市長さんは、三年前に「折角市民の育てた頭の良い子が、みんな東京へ行って地元にバカが残る」と言ってマスコミ関係から散々叩かれたことがあった。市長さんは言葉の表現が落語家的なのだ。

政治家の揚げ足取りばかりする人がいるが、多くの市民は少しも腹を立てていなかった、頭が良いから一流大学へ受かるのだ、人はそれぞれ己が良しと考えた場所で働き生活して、社会の発展に寄与するのが最善と僕は思う。

山田くんは東大へ、岸田くんと山根くんは二人とも有名私立大へ進学した。

僕は高校を卒業して、すぐ社会に出て働くことを選んだ。早く社会人になったら姉に負担もかからないとも考えたのだが、その姉も教師ではなく看護師の道に進んで良かったと言っていたのに、僕のことになると父も母も大卒だったし、高学歴社会だから後で後悔することにならないかと言うのだった。

小倉さんも大層僕のことを心配してくださったが、僕の決心が変わらないことが分かると僕の応援をしてくださった。

「特別な資格を取得する必要があるか、特殊な研究をする目的がある場合は大学等へ進まなければならないが、世の中は学歴だけで発展するものでもないと思います。日本でも有名な経営者の方が、学歴だけで人を採用していたら会社は潰れますよ、と言われていたのを聞いたことがあります。純一さんは社会人としての常識、教養など、若いのに申し分ありません。大学でなくてもいくらでも勉強はできます、純一さんなら社会に出て波にもまれ、きっと人が尊敬するような方になられるでしょう」

と言って励ましてくださった。

幸に、県内でも知られた建設会社の採用試験に受かり、会社の業務に関する分厚い資料等に同封されて、あなたが出社する日を待っています、と社長さんのサイン入りの手紙が届けられた。胸に会社のマーク入り作業着も届いた。僕は初出勤する日は会社の作業着で出社しようと思っていたのだが姉がどうしてもと言って聞かないので、姉と二人で全国的に店舗を展開している紳士服のお店に行き、ワイシャツ、ネクタイも買い揃えた。

初出勤の日にネクタイを締めて、姉の部屋で姿見に映して見ていると鏡の中の僕が笑顔になり白い歯が見えた。姉も嬉しそうに僕の後ろから鏡を覗いている。頑張ってね！　と言って両手で僕の肩を叩いた。

「姉ちゃんありがとう！」

と僕は鏡の中の姉に大きな声でお礼を言った。僕の人生はその日から始まったような気がする。

僕は大学に進学した山田くんたちと、いつまでも対等に話し合えるように、心も知識も磨くように心がけている。

会社では早く一人前の社員として認められるように頑張った甲斐があって、入社三年で小規模ながらプロジェクトの責任者に選ばれ、肩書きが印刷された名刺を社長から手渡され激励された。

姉がお父さんとお母さんに知らせなければというので二人で墓参した。墓は、中国山脈の峠を越え日本海が遠く見渡せる寺の境内に隣接する墓地に建てられている。母の実家も同じ寺の檀家なのだ。

この辺りは農林業が盛んな地域で代々長兄が家業を継いでいる。父の長兄は過酷な労働をしながら、七十歳近いのに健在だ。

吉田松陰の出身地が近く、三キロ西の麓に松陰神社がある。維新前から教育熱心な地域で、多くの子弟を教育学部へ進学させている。父も母も中学校の教師だったのだ。僕が中学在学中、夜半に目覚めた折、父と母が生徒のテストを採点している姿を見たものだ。時には二人が議論していることもあった。短命な生涯を閉じてしまった。

父は僕に期待していたようだが、僕は教育者には向かないことを自覚していたし、大学にいかず社会人になったことを後悔はしていない。

小倉さんはその後、東京の本社に戻られた。僕の近況報告に対して、このSNSの時代に多忙な立場にありながら必ず丁寧な手書きの手紙をくださるのだった。小倉さんは自身のご家族ご親戚もあるのに、僕と姉のことをアパートの隣室だっただけの縁で、遠く離れても、気にかけていてくださることに僕は感謝の手を合わせている。この度のことを報告したことに対しても励ましの便りが届いた。三ヶ月前の便りの追伸に、(本社社員にお姉さんの配偶者としてふさわしい、と私が考える青年がいる。お見合いをさせたいと思っているが、もし承知してくださるなら日時を知らせて欲しい。往復の航空券を郵送したい。急ぐことでもないし、私に対する気遣いは全く無用。お姉さんに話してみてくれないか)としたためてあったのだ。僕はそのことを姉に伝えたところ、「私から小倉さんに返事をするから」と言ったので、その後の姉の様子を窺っていたのだが、今まで何事

もなかった。小倉さんの便りにも、そのことは一言もなかった。僕は姉に、

「小倉さんからの縁談の話は、その後どうしたの？」

と尋ねたところ、

「まだ何も返事をしていないわ」

というのだ、

「あの誠実な小倉さんに、失礼だよ」

と僕は声を大きくしたところ、

「大丈夫よ、小倉さんは私の心がわかっているから」

と言うのだ。

「そんな〜、何がわかっているんだよ？」

と僕は声を荒らげたのだった。

「小倉さんとは、純ちゃんが意識不明で救急病院に運ばれたあの日、夜明けまでお話ししたの。あの夜は純ちゃんは生死の境を彷徨っていたのよ。夜が明けて、担当医から「大丈夫、命は取り留める」と言われるまで、小倉さんは私と二人で

控え室で夜を明かしたのよ。その折に小倉さんが話してくださったことは全て覚えているわよ」

「どんな話をされたの？　聞かせて欲しいなー」

「小倉さんは、もしものことを考えてと思うのだけれど、私が狂乱しないようにと思われたのでしょう、自分の家族のこと奥様と二人の娘さんのことを話してくださったの」

「ふーん。どんな話なの」

「小倉さんは現在は重役で本社勤務だけど、それまでは三年毎に地方の支社を転勤されたそうよ。外国にも五年駐在され、その都度ご家族も転居されて、娘さんは高校卒まで四度転校されたらしく、奥様の苦労は大変だったでしょうね。

　その奥様が、長女が嫁がれる直前に肺がんで亡くなられたのよ。その後次女が嫁がれたものの、子供は男の子一人で、その子がまだ二歳の時に、夫が交通事故で亡くなったそうなのよ、その時の苦しみなど話してくださったの。娘は結婚させれば安心、とよく聞くが、そんなことが言えるものではない。と言われて俯いて瞑目された姿に私は言葉もなかったわよ」

「そんな苦しい体験を僕は聞いていなかったなー。いつも穏やかで優しい人だったなー」

「そうよ、苦しい体験をした人ほど人に優しく気をくばるものなのね」

「人は外から見たのでは、どんな人生を送ってきたのかわからないねえ。僕の将来のことを本当に心配してくださったなー」

「私は、父と母のことを聞いていただいたの。生真面目な教師で、二人とも身体が頑強でなかったので、無理が重なってのかもしれない。私が看護師の免許を取得したわけも、父母のことが頭から離れなかったからですと小倉さんに聞いていただいたのよ。

　小倉さんは医療関係のことも詳しかったのよ。会社が病院も建設しているからでしょう。ドクターをトップに検査調剤等、多くの職種の人が勤め、人の命を左右する過酷な職場で心の休まる日がない世界なのよ。私は看護師になってみてわかったの」

「僕は初めて聞いた」

「小倉さんは、私の心身があまり丈夫でないと思っておられるの、だから、遠くからでもいつも見ているから、というシグナルなの。だから返事を出さなくてもいいのです」

「でもなぜお見合いさせたい、と僕に言われたのかなー。そうだ、僕にいつまでも姉ちゃんの足手まといになっていてはいけないよ、と言うシグナルだったのだ。そうだよ、僕は姉ちゃんに面倒をかけてばかりだもの。僕が姉ちゃんのことを考えなければならないのだよ。本当にぼんやりしていた、真剣に考えなければ」

「まー、純ちゃん何よ、急に慌てて。私は亡くなった父ちゃんと母ちゃんの代わりに小倉さんを天から授かったと思っているの。困った時にはいつでも知らせてくれと言ってくださっているのよ」

僕はまだ大人になっていなかった。これからどうしたら良いか瞑目して考え込んでしまった。

完

銃後の戦線防人

一　孤児となる

母が職場で倒れ病院に搬送されたが、何一つ言い残すことなく息を引き取った。父は九年前に亡くなっているので、僕と妹の二人は孤児になってしまった。自宅で葬儀をするこの地方の慣習に従い、僕はただ世話役の言われるままに、お通夜から葬儀が終わるまで、妹の美代が式場となった座敷の隅にうずくまっている姿を横目で見ながら、うろうろしていた。

家族親族は僕と妹、伯父と伯父の連れ合いの、おばちゃんの四人。葬儀が終わってしまうと急に家の中が暗く寂しくなった。その日も、おばちゃんが僕の家に泊まり美代と二人が並んで布団を敷き、おばちゃんが、しきりに美代に話しかけていたようだが美代の声は聞けなかった。

僕の家は古くからの農家だが、父の代で兼業農家はやめて母は伯父の経営する会社に勤めていた。伯父の果樹野菜を栽培加工する施設は、僕のうちの農地を含めて自治会地区内にあり、二十人余りの社員がいる。

翌日から、伯父は僕と美代を自分の家に同居させよう、と考えていたようだが、美代が生まれ育ったこの家を離れたくないと言って仏壇の前にうずくまって動かないので、結局おばちゃんが朝早く僕の家に来て、弁当まで作ってくれる、夜九時ごろになると伯父が僕らの様子を見に来るのだ。

美代は、相変わらず暗い顔をして、学校から帰ると仏壇の前にうずくまる。小さい時は何処へ行くにも母のスカートを掴んで歩いていた。買い物へ行った時は自分の体ほどもある荷物を持とうとしていた、母の手伝いがしたかったのだろう。中学生になってからも母が家にいる時は、いつも母のそばを離れず、手伝いをしながら何の話があるのか、とりとめもなく話しながら笑い声を立てていた。

とにかく母が好きだったのだ。

僕でも母のことを考えないことはない。よく口喧嘩をしたものだが何が原因だったのか一つも思い出せない、もっと優しくしてやればよかったと思う。父が死んだ時は九年前だからその時のことなどは、さらに思い出せない。二人の子を抱え途方にくれたことだろう。妹は五歳だった、どのようにお守りをしたのか。

母の涙を見たことは一度もない。心労は大変だったであろう、働きどうしで身体にも無理が重なったに相違ない。もっと手助けしてやればよかった、と今になって考えると胸がつぶれる思いがする。

中学時代に課外行事で、野坂昭如原作「火垂の墓」のアニメーション劇映画を見せてくれたことがある。昭和二十年、太平洋戦争敗戦間近な神戸市、米軍の空襲攻撃により、父親が出征中の母子家庭の母が焼死し、長男（十四歳）、長女（四歳）が焼け出され、生き残った後の悲惨な物語。あの数々のシーンは今でも僕の心に録画されている。僕らの場合は、妹はあの映画の中の妹より十歳も年長だ、なんと言っても伯父がいる。おばちゃんの他に親切な自治会のおばさん方に見守られ、住む家もあり、何よりも火炎地獄にあっていない。このアニメのことを伯父に話したところ、ストーリーまで詳しく知っていた。

「あれは、戦災孤児が焼け跡をさまよっていた頃の話だよ。俺もお前と同じ戦後生まれだが、あの戦争が終わってから八十年近くなるなあー。戦時中を生きた人がいなくなった頃、日本が戦争を仕掛けられたら、国民は自分たちの生活がどうなるのか想像できんだろうなー。まして空爆なんか実感できないだろうよ」

「おじさん、それは考えすぎだよ、僕は戦争になったらどうなるのか大体想像できるよ、特攻隊のことも知っている。母ちゃんが、竜泉寺の和尚さんは、神風特攻隊の生き残りと言ってたけど」

「そうだよ、あの人はお寺の三男だが、事情があって住職になっとられるが、あと一日終戦日が遅れとったら出撃してアメリカの軍艦に突撃していた、と俺は何かの雑誌の記事で読んだことがあるな」

「優しくて仏様のような人だよねー」

「美代は？」

伯父が仏間を見ながら首を傾げた。

「今寝かせたばかりです、今まで仏壇の前にうずくまっていたから。僕は今から明日の予習をやらないと」

「そうか静かで勉強するには良い環境だな、俺が中学生の頃は、親父が自治会長をしとったから、夜遅くまでうちに人が集まっていた。その頃はもう戦後四十年近くなるのに、大平洋戦争の戦時中のことや戦後の出来事なんか話しているので、俺は勉強するよりも、その話の方が面白いので熱心に聞いたものだよ、この地域は出征して戦死した人も大勢いる。俺は戦地から帰ってきた人が、戦場でのことを話すのを何度も聞いたなー。親父のシベリヤ抑留の話も度々聞いた」

「そんな話を僕も聞きたいなあ」

「日本が負け戦になってから、山口県は山陽側の工業地帯も付近の住宅街も焼け野原になったそうだよ。あの時代は、みんな助けあって、戦災にあった家族や遺児を、ここの自治会、その頃は隣組と言っていたらしいが家に引き取って世話をしていたそうだよ」

「母ちゃんも、そんな話をしていたことがあったな」

「広島市は原子爆弾を投下されたんだ、その頃はピカドンと言っていたそうだよ」

「原子爆弾のことは、僕は絵本でも読んだけど、あんまり酷いので大部分はフィクションだろうと思っていた」

「そうだろうなー。あの時代の話を聞いても理解できないだろう。俺の親父は、三人の兄がいたんだが、二人があの戦争で戦死したんだよ、あの頃はどこの家も子沢山の時代で四、五人の兄弟はごく普通だったんだ。原田家も大輔のおじいさんの父親は結婚してすぐに招集されて戦死しとる、日露戦争から数えると原田家だけでも三人戦死しとる」

「母ちゃんもそんなようなことを言っていたのを僕は覚えている」

「日本は日清日露戦争から軍国主義になったと言われてるが、あの時代の事を簡単に一言で言うなら、国民を食べさせるために国家も懸命に頑張っていた時代と思うな、地政学上の問題だ。日本の陸軍が侵略戦争の尖兵になったという学者もいるが、それじゃーあの時代に、今のように民主主義で国民が言いたい放題を言っとったら、ソ連軍が朝鮮半島まで侵攻してきて、日本にも上陸していたのではないか？　何事も国のやったことをあれこれ批判解説して飯を食えるのが民主主義で、それはアメリカのお陰だ。そのアメリカが世界の警察官をやめたと言っているじゃないか。ベトナムで敗退、アフガニスタンを引きあげ、これから世界はどうなるのかのー。北朝鮮は核弾道ミサイルをトレーラーに乗せて軍隊パレードをしているじゃあないか、ありゃー本気だぞ。ロシアと中国が、核弾道ミサイルをアメリカに向けて飽和発射したらアメリカは全滅だ。これは俺が考えていることで、いろいろな考え方があるが、お前も歴史は勉強してるだろ」

「僕だって勉強しているけど。中学の時には、太平洋戦争では日本が侵略して連合軍にやられたのだ、と先生は言っていたと思うけど」

「そうじゃろうなー、そう考えるのが簡単で分かりやすい。お前のお父さんは、教員組合の幹部に、いじめられていたらしい。先祖がお国のために戦って何人も死んでいる子孫は、そんな考えに、なかなかなれんよなー。俺の親父は終戦の日は二十歳頃で満州国にいたのだ、現在の北朝鮮と国境を接する中国北東部だ。その当時親父は大日本帝国陸軍二等兵で、日ソ中立条約を破って攻めこんできたソ連軍によってシベリアに抑留されたのだよ。幸い親父は早く帰国できたらしい。

帰国後は、日本国有鐵道で働き、その後は、自分で様々な仕事をして商売をしたりして、挙句、病死した一番上の兄の家業を引き継いで、苦労をしたらしい。母と結婚して俺が生まれた時は四十四歳だったそうだから、お前の母ちゃんは四十九の時の子だよ、歳をとってからの子だから、大変だったと思うなー」

「母ちゃんが、僕の父ちゃんは、おじさんと仲良しだったと言っていたけど」

「そうだよ、俺はお前のお父さんとは小中学校が同じだが、俺より二つ下だった。頭が良くて大学へ進学して中学の教師になって、これからという時に四十一歳の若さで急病で死んでしまった。本当に残念だ。

お前のおじいちゃんとおばあちゃんは、終戦日前後の生まれだが、お前が生まれて一年目におばあちゃんは亡くなった、初孫と言って喜んでいたのに。おじいちゃんはお前が生まれる一年前よ、亡くなったのが。お前たち二人は、どうしてこんなに肉親の縁が薄いのかなー。本当に可哀想じゃ」

伯父は仏壇のお灯明を消して僕の方に向き直り、

「そうだ、親父が出版に協力した本があるが、読んでみるか？　山口歩兵第四十二連隊史という本だよ。山口県出身の支那事変後の戦死者がわかる、みんな靖国神社に祀られている。高校の歴史の本とは違って、俺たちの平和な暮らしが先祖の命がけの働きによって、どのような経過をたどって、日本が現在あるのか、分かりやすいと俺は思うな。実際に戦場で戦った人が書いた記録だ、小説ではないのだよ、支那事変からの日本国民が、命がけで頑張ってきた姿がよくわかるぞ。

俺なんかは、戦後の復興に尽くしたわけでもないし、偉そうなことは言えんが、戦地に行ってもいないし。俺たちの年代が一番緊張感のない生き方をしてきたと思うな。

お前は美代と二人だけになってしまって、可哀想に思うが、どうしてやりようもない。しかしなあ、あの戦時中を生きた人のことを考えたら、苦しいことがあっても、頑張れんことは、ないと思うよ、ご先祖があの世から見守っていてくれとる、美代をよく見てやれよ、頑張るのだぞ」

「分かっています、おじさん、頑張りますよ！」

「そうか、この世は移り変わる、諸行無常、不運の後は幸運が来る」

と言って僕を見つめる伯父の目尻に涙の粒が光かった。

伯父が、大切な書類だから失わないように、と言った大きな書簡封筒の中には、原田春子（令和三年八月五日午後四時二十三分死亡）直接死因（虚血性心不全）と書かれた診断書の写し。（徳本産業有限会社社員）原田春子死亡（四十八歳）長男大輔（十六歳）長女美代（十四歳）未成年代理人（徳本政一）と書かれた書面があった。

保険の証書類、不動産登記、銀行の契約書。この謄本は戸籍の原本と相違ないことを認証する、と市長名が印刷された茶色に変色した手書きのものや印刷された書面、戸籍謄本とわかった。僕は初めて見たのだが、本当に読むのが難しい。何枚もめくっていると徳本政一と記された伯父の謄本が目についた。妻慶子、出生昭和四十五年二月二十一日、と記されていた。おばちゃんは伯父より、もっと年下と僕は思っていたが若く見えて元気が良い。

僕が未成年であるため、法律に基づく様々な手続きや法事なども全て伯父が手配してくれている。僕たち孤児が幸運だったことは、伯父と慶子おばちゃんが、近くに住み健在であったことである。僕は神に感謝した。

二　輪廻転生

母の遺影の前に暗く沈み、うずくまる妹の美代の瞳に輝きが見え元気を取り戻したのは、四十九日の法要が行われた日がきっかけとなったのである。その日美代は母と会って話した、と言うのだ。

その日は、朝から自治会のおばさんたちが僕の家に来て、接待料理の下ごしらえなどで、忙しそうに立ち働いていた。僕と妹は学校を休んで、掃除やお膳を並べる手伝いをした、この地方は、祝い事や仏事には近所の人をお招きする習慣がある。それは、集落の助け合いを具体的に実行し、より結びつきを強固にする一つの行事であり、楽しみでもあったのではないかと僕は思っている。

維新前にお殿様から下賜された、高価な漆塗りの漆器や陶磁器類が、旧村から引き継がれた土蔵に保管され、自治会の行事の際に使用されていることから、永い歴史があると僕は思う。小学生のころ、蔵を管理する老人に中を見せてもらったことがある。薄暗い蔵の中に鎧や兜、馬の鞍もぎっしり積み重ねられ異様な雰囲気だった。槍や刀も大量にあったが、戦後、進駐軍が没収したようなことを言っていた。お殿様は藩の重臣で、村の男はみんな関ケ原の合戦に出陣したのだとも言っていた。僕もあの時代に生きていたら、時代劇の映画のような男らしい面白い人生が送れたかなあ、と思ったことが忘れられない。

確かに宴会用に並べられているお膳も什器も古いけれど、それが余計にすごく高価な感じがして戦国時代にいるような気分になる。漆器には全て梅の花の紋章が付いている。漆器は使用後の手入れが大変だが、みんな楽しみにして先祖を偲んでいるのだ、と伯父が話していた。

納骨には、農地に隣接するご主人が、自家用乗用車でお寺まで連れて行ってくれた。式が終わり住職を案内して家に帰り、住職から僕の母の納骨式がつつがなく終わったことが報告され読経が終わり、宴会が始められた。

菩提寺は龍泉寺で自治会のみんなが門徒で、住職は九十五歳とのこと。

「小石原自治会も、門徒さんが昭和二十年敗戦の戦後生まればかりになってしまった」

と言って、盃を受けておられた。

自治会は農業振興地域で、農業用水路水系別に五班に編成され僕のうちは一班である。

おばさんたちは、台所の八畳間で会食していた。僕の家に限らずこの地域の家は、平屋だが築百年以上経過した古民家ばかりで、玄関の土間から台所の土間に通路があり昔ながらのかまどもあるが、液化ガスコンロの設備は備えている。平屋だが棟が高く天井裏の空間があるおかげで、屋内の温度を夏も冬も変わらない断熱の空間になっている、と言われている。僕の家は座敷は六畳間が六間廊下に面し風通しが良い。

この地域は地勢の関係で、夏は涼しく冬は冷え込まないため住み良いと言われているのに、新築の家は見当たらず僕が子供の頃の風景と変わらないように思う。若い世帯がいないようだが、これは農業地域全体の傾向らしいと自治会の集まりのとき話しているのを聞いたことがある。

僕は伯父に言われて、お酌をしたのだが、五十代で八人の方全て苗字を知っている方だった。みんな僕を励ましてくださったのだが、母が優しくて働き者だったこと以外は何を言われたか、今になっては思い出せない。

法要が終わり、お招きした家のご主人たちを見送り、住職をタクシーで送り、自治会のおばさんたちも片付けが済んで、みんな自宅へ帰って行った。

今日の僕の役目は、会場の換気をすること。葬儀の時も同じことをしたが、この地域ではまだ一人も新型ウイルス患者が出ていない。維新前から疫病に対する村人の心構えは厳格に伝承されているので、大正時代に発生したスペイン風邪の患者も一人も出さなかったそうである。法要に来てくださった方が話していた。

「さてわしらも帰るかな」

と伯父が腰をあげた。

「美代は？」

とおばちゃんは首を傾けた。

「疲れて部屋で横になっている」

僕はそう思った。

「それじゃ帰るよー。明日のおかずは水屋に入れてある、お弁当も作ってあるけえな」

おばちゃんも腰を上げ、伯父と一緒に土間に降りて、勝手口から出て行った。

なんだ、おばちゃんに、お礼くらい言ったら良いのに困ったやつだと憤慨しながら美代の部屋の襖を開けて「美代！」と大声をあげようとしかけて、美代がいないのに気がついたのだ。

六畳の部屋にベッドを置いて横に勉強机を並べてあるだけで、部屋と言っても、襖で仕切られただけで、南向きでも昔ながらの廊下に雨戸があり文化的とは言えないが、美代は、そのことで不平を言ったことはない。机の上のトトロの人形が、目玉を剥いて僕を見たような気がした。

僕は廊下の突き当たりにあるトイレの方を向いて「美代！」と呼んでみたが返事はない。

「まさか？」母の法要がすんだし、どこかで死んでいるのではないか？　あまりにも飛躍しすぎた妄想に、膝が震えた。あの年頃の女の子は、手首を切ったり、マンションの上から飛び降りたという報道がよくある。家を飛び出して、「美代」「美代」と声をあげながら家の周りを巡った。

辺りは暗くなってきたし。再び家の中へ入り、押入れや戸棚まで開けながら「美代！」「美代」と声をかけ、再び家の外へ出て一回りしながら、仏壇の後ろも見たが、人が入る隙間もない。おかしいなあ？　伯父とおばちゃんが帰るときについて行ったわけはない、その時いなかった。おばちゃんが「美代は？」と聞いた時に確かにいなかった。再度家の内を探し、僕は我慢がしきれなくなって、家を飛び出して伯父の家に走った。

玄関の鍵を外し引き戸を開けた伯父は、

「大輔どうしたのだ何があったのか？」

「おじさん美代がいなくなった」

「そんな馬鹿な！」

「本当なんだ！　家の中にも外にもいない」

伯父は、まだ僕の言ったことがよく理解できない顔つきで、おばちゃんに声をかけて、美代がいなくなったと、大輔が言うのだと言って作業靴を履いて玄関を出た。黒い式服は脱いで、いつもの作業着に着替えていた。

勝手口から入ると、僕は「美代！」「美代！」と大声で呼んでみたが、やはり反応はなかった。

伯父は、しばらく考えていたようだが、受話器を手に取り、

「わしの妹が嫁いだ原田の方の娘だが、十四歳、今日法事がすんだ直後と思うが、

いなくなったのだ」

　大きな声で話すのが聞こえる。僕の家は父が死んだ後も、父が使っていたファックスが古い機種ながらいつまでも動くし、保険関係などの資料も入るので、そのまま固定電話を使っている。その受話器を右手に持ったまま、僕に顔を向けて、

「今消防団の班長をしている田中さんに相談したら、今からすぐここへ来てくれるそうだ。この地域は危険な場所はないし捜しやすいから大丈夫だ。四、五歳の子ではないし」

　と言いながら受話器を置き僕の方へ向き直った途端に、大きな所作で自分の膝を両手で叩き、

「そうだ墓だ、墓だよ！　今から行ってみる」

　と大声をあげ、僕に、田中さんが来られたら待ってくれるようにお願いしてくれ、と言いながら作業靴を履くと、酒を飲んどるから歩いて行く、近道を行くから時間はかからん、とつぶやきながら下駄箱の上の懐中電灯を持つと、よろめいて右の二の腕を音がするほど勝手口の木製の引き戸に擦り当て、外へ出て行っ

た。

今日のことだよ、墓の前で読経してもらい、納骨したばかりなのに、美代も一緒だったじゃないか、墓に居るなんて、伯父は何を考えているのか、と僕は思った。

僕は、伯父が墓へ行くと言って出てから、しばらくジーとしていたが、我慢できなくなって、「美代」「美代！」と連呼しながら家の周りを巡っていた。すると表の玄関前の駐車場に白っぽい乗用車が入ってきて止まり、運転席のドアが開いて背の高い男の人が出てきた、田中さんだ！　僕が急いで車に近づいたところ、

「やあ、遅くなった！　徳本さんは？」

と、いきなり声をかけられたので、伯父は墓へ行ったことを説明しながら、家の内へ案内した。精悍な顔つきの五十歳くらいの人だった。

「そうか、なるほど、とにかく出動準備をしておくように団員十人に電話をしたので遅くなった。もう一度お母ちゃんに、お別れに行ったのか。そうか、そうか、じゃー俺もお墓へ行ってみよう」

と言って立ち上がり、乗って来た車の方へ行きかけたので僕は慌てて、

「伯父は裏道を行ったので行き違いになるかもしれません」

と言って止めたところ、

「それじゃー、裏道を行こう」

と田中さんは言ったと思うと勝手口から外へ出て行く。僕は慌てて、

「僕も行きます」

と言ってあとを追って走った。

田中さんは大きな懐中電灯を持っていた。

田中さんはこのへんの地理に詳しいのか、さっさと畦道を歩き、龍泉川の川土手を登り、向こう岸へ渡る浅瀬の飛び石のある場所へ急ぎ足で行く。

僕の住んでいる地域の地勢は、龍泉川に沿った北と南側は農地で、その先が市街地の平地で、北側は竜泉寺のある標高二百メートルの山裾を連ね重ねあわせた三つの小山が連なり、その裾を削った龍泉川が東の方向へ流れて、小山の連山が途切れた山裾を、ぐるりと北へ回って、再び別の山に突き当たって南方へ向かい、

市の中心を流れる本流に合流している。

龍泉川が北へ曲がって流れる場所は川幅が広くなって、他の場所の二倍の二十メートルくらいあり増水時に小石が堆積して広がったらしい。

平素は山裾に深さ十センチほどの小川となって流れ、水のない部分には雑草が茂っている。昔から今まで水害のない村で、川土手は竜泉寺前の川を渡ってかかる橋（コンクリート製）の橋台と、それを補強する部分のほかは石垣もない自然のままの堤防なのだ、川にはハヤが泳いでいる。小石原と言う小字名は、僕の家に近い付近の河原の眺めからつけられたものと思われる。

竜泉寺の連山は旧村民の生活燃料となる薪を採取していた山で、現在は自然のまま放置されている。竜泉寺の近道というのは、小石原の地点から竜泉寺に至る連山の岸辺に沿って造られた小道で、一般に言われる獣道で、現在はほとんど通る人はいないとのこと。

僕は小石原の浅瀬に川底の岩盤が頂頭部を露出して飛び石状になった岩の上を歩き、山側の岸を登り岸に沿って作られた雑木林の中の獣道を、田中さんの後ろについて歩いた。

三十分くらい歩いたと思った時、向こうから雑木林の枝の影を見せながら揺れる懐中電灯の灯りが近づいてくるのが見えてきた。

僕は緊張した、

「お兄ちゃん！　お兄ちゃん！」

美代の声だった。田中さんの懐中電灯は特製らしく周囲まで照らすので、僕の姿が兄だとわかったのだろう。

「美代！」

「お兄ちゃん、ママとお話ししたのよ、ママに逢ったのよ」

美代の甲高い、弾んだ声を聞きながら、四人が出会った。

「徳本さん！」

「やあ田中さん！　心配かけました。ありがとうございます。お墓にいました。この子は普通の娘と少し違うようですわ、驚きましたよ」

田中さんが美代を背負って、龍泉川の飛び石のある地点の浅瀬を渡り、その日はおばちゃんが心配しているから、伯父の家に直接帰った。

おばちゃんは声をあげて泣いているのか笑っているのか、よかった、よかったといって美代を立ったまま抱いていた。

伯父が田中さんに話した一部始終を僕も側で聞いた。

その話によると、伯父が墓にたどり着いた時、美代は墓の前で手を合わせて、うずくまっていたとのこと。辺りは暗く星明かりでも周辺は歩きにくいくらいだったそうで、辺りは墓石ばかりの墓地で山側は間近に雑木林が迫り、川の方は、この辺りは雑木が岸辺に茂っているので、市街地の明かりも見えにくい地点なのだ。原田家の墓は、寺のある山の石段の手前から龍泉川沿いに、流れに沿って造成された墓地の中ほどの地点にある。

伯父は、お寺に行って、タクシーを呼んでもらうか、と咄嗟に考えたそうだが、田中さんが探しに来られては、行き違いになると考えて、来た道を引き返したとのこと。

美代が墓へ来た時は明るかったし、近道を歩いたのだが、それでも二キロ以上ある、飛び石を飛んで渡り雑木林の獣道を歩き、途中には不気味な沼もあり竹藪もある、よくあの笹の茂った道を迷わず歩けたものだ、何かの神霊などが導いたのか、伯父は首をかしげていた。

僕も道は知っているが、いつも友人と一緒だった、授業での工作用の竹を切りに竹やぶに行った時も三人だった。男子でも一人ではあまり気持ちの良い道ではない、途中には軒の崩れた炭焼き小屋と小さな祠もある、狐が住んでいて悪さをする話も聞いている。

美代は、お正月に母と大神宮へお参りした時に二人お揃いのお守りを求め、母はそれを蝦蟇口につけていたらしく、納骨の時に母のお守りをお墓に入れてもらおうか、自分が持っていようか迷って、自分が手元に持ったまま納骨式が終わり家に帰ってから、母が天国に行くのにお守りがいると思いついて、慌てて墓へ持って行った。ところが墓の納骨室へ入れることができないので考えているうちに暗くなってしまったらしい。

大人でも水鉢石を動かし、墓の中へ入れるのには体力がいる。伯父がお守りを墓の中へ入れてやると、美代はようやく安心して立ち上がったそうである。

僕は、あの日雑木林の暗闇で美代を見た時、美代の目の玉が水晶のように光った気がした、その後美代の目をみると、母の霊が美代の目の中にいるようで、僕は緊張する。

美代が一人で墓へ行った翌日、伯父と、おばちゃんと、僕と、美代四人で、竜泉寺へお参りし、住職さんに、納骨法要のお礼と、式後に美代が一人で墓に参った一部始終を伯父が話した。

大神宮のお守りを、墓の中へ入れたこと、ママとお話ししたことも美代は住職さんに聞いていただいたのだ。

「ママに会えてよかった、よかった、ママはお守りを持って天国への道を歩いているのだよ、ママの体は死んだけど魂は生きているのよ。いつも元気で頑張っている美代ちゃんのことを見ていなさる」

と住職さんは、繰り返し繰り返し美代に話しかけながら、美代の合唱した手を包むように両手を合わせておられた。

「ママに会ったと言っているが？　おじさん！　ママが本当に美代に逢いに来たのかな？」

「美代が言うんだから本当だろうよ、魂は四十九日まで、この世を彷徨っとるから、美代に逢いに来たんだ、今頃は安心して十万億土の黄泉の国へ向かって旅をしとる。霊魂は不滅、天国へ行ったら、またこの世に帰って来る。輪廻転生する。日本は良い国だよ、仏様も、神様も一緒になって見守ってくださる」

と言っておばちゃんと並んで両手を合わせた。

僕も慌てて両手を合わせ、閉じた瞼に母の姿を探しながら、深く深く顔を伏せた。

三　美代毘沙門天

十二月も間近な月曜日の午後五時前、帰宅すると、パトカーが玄関前に止まっていた。驚いて急ぎ応接間を見ると、制服を着た警官と背広の二人と伯父と美代が向き合って話している。伯父が後で事情を聴かせるから、と言っているような目配せをするので、襖で仕切られた隣座敷で聞き耳を立てたが話を聞くのは無理だった。伯父は交通安全協会の役員をしているのでその方の話かなと気がついたが、美代がいるのは変だなあと考えながら、警官がパトカーに乗って出て行くのを僕は、イライラしながら待った。

玄関から警官が出るのを待ちかまえて、座敷に入り伯父から聞くところによると、警官は、美代の暴力行為の事件を知らせるとともに、今後の処置などを知らせてくれたとのことだった。

その事件は美代の在籍する中学三年の教室で、今日の午前中の授業が終わった直後に起こったとのこと。相手は体格が良く運動競技はもとより何かにつけてリーダーになっていた三浦民助という男子生徒で、クラスの多くは、親しみを込めて「たみ」と呼んでいる。その「たみ」を、美代が後ろから、モップを薙刀のように斜めに振り上げて首の辺りを強打したというのだ。

「たみ」がその場で失神して倒れたので、クラスの誰かが職員室へ知らせたらしく、先生が教室へ行ってみると、「たみ」が床に転がっていたのだ。身体を揺すっても、ぐったりして死んでいるようで、そのそばに美代が、モップの雑巾の部分を上にして、あたかも七福神の一人、仏法を守る神の毘沙門天が、三つ又鉾をもって立っている姿そっくりな姿で立ち、「たみ」を撃ち取った獲物を見下ろすようにしていたらしく、先生は、これは殺人事件と動転し、ポケットから携帯電話を取り出し一一〇番を押した。その日は、クラス担任の川田先生が午前中出張で不在だったため、教員免許を取得したばかりの若い先生が代理をしていて、いきなり殺人現場のような現実に直面し気が動転したものと思われる。

パトカーが中学校の裏門から侵入して急停車すると、警官二人が飛び出して、校舎へ駆けこんだらしく、時刻は昼の休みどき、校庭に面した校舎の窓から多くの生徒がその様子を見ていたとのこと。

「たみ」は警官が現場に到着するのを見計らっていたように、首のあたりを両手でさすりながら、よろよろと立ち上がったそうである。

警官二人は、ほっと、するとともに、(何だ！　子供同士の喧嘩ではないか！これなら中学校内だし、静かに人に気づかれないように気をつけたのに、司令室からの通報では、殺人、犯人は現場にいる三年二組の教室というものだから、外部からの侵入と考えたのだ。一体一一〇番した奴はどんな通報をしたのだろうか？)とその時に思ったそうである。

教室前の廊下には現場の教室を見ようと、他の教室の生徒たちで混雑し、「たみ」を連れてパトカーに向かう時は多くの生徒たちの中を分けて通るのに大変だったらしく、警官は、「たみ」の応急処置と精密検査に今から救急車を呼ぶよりも、と考え救急病院へ連れて行き医師に事情を伝え、直ちに署に帰り上司に報告協議していたところ医師からの通報は意外なものだった。

それは、「たみ」が受けた後頭部には傷はなく柔道で言う急所に当て身をされた状態で、一時気を失ったものである。問題は首以外の衣服に隠された部分の背中から太もも、脇腹などに打撲傷跡が無数にあり、しかも、それは、今日受けたものではないという。

署は少年担当の係官を急ぎ病院に派遣し診療室の寝台に横になっている「たみ」に、医師と共にその傷の原因を尋ねたが、「たみ」は自分で転んで打ったと言う。そんなことはないだろうと優しくなだめすかしても頑として語ろうとしなかったそうである。

「美代ちゃんに、毎日やられていたのか」

と言ったところ、途端に大声を出して、

「違います！　今日美代ちゃんにやられたことは、なんとも思っていません、僕が悪かったのです」

と言う。

「後ろから、がん！　とやられて腹が立たんのか」

と言ったところ、

「美代ちゃんは、女だから奇襲しないと僕にかなわないよ！」

「それじゃあ何故美代ちゃんにやられたのか、やられた理由があるのか？」

と聞くと、

「僕が悪かったのだ」

と言う。

「いずれにしろ、治療する必要もないので連れて帰ってくれ」

と担当医師が言うので少年担当刑事は「たみ」を学校へ連れて行き担任の川田先生と協議の上、この度の件は警察が処理することではないから学校の方にお願いする、ということになった。

伯父が警官から聞いた話は大体このような内容で明日、担任の川田先生が話に来られるとのことであった。

伯父が美代にどうして「たみ」を攻撃したのか、と尋ねたところ、美代が話してくれたことを聞き僕は概ね美代のしたことが理解できた。

チカちゃんという美代と仲良しの女の子がいて、その子は動作が淑やか、悪く言えば、トロイと言うか。人よりワンテンポ遅いらしく、「たみ」がこの子に、「トロチカ」とあだ名をつけた。これに同調する二、三人の男の子がいたようで、チカちゃんは、色白で、気弱であっても、特にあだ名を気にして苦にしている様子はなかったが、美代が、仲良しのチカちゃんを、あだ名で呼ぶのは止めてくれるように、何度も「たみ」に頼んでも聞かないどころか、その日は、何があったのか、ひときわ大きな声で、トロチカ！　と言っていたのを腹に据えかねて攻撃したらしいとのことであった。

「川田先生は大輔もお世話になった先生だからご挨拶しろ」

と伯父が言うので、僕も同席することになった。中学校を卒業以来久しぶりに川田先生にお会いした。

僕が高校の柔道部に入部したことは知っておられた。先生には中学の柔道部でお世話になったのだ。伯父とはしきりに子供の交通安全運動の話をしていたが、その後この度の事件のことに話が進んだ。

『「たみ」の父親は、科学工場の配管修理工事会社の職人で、妻は夫の虐待に耐えかねて三年前に、娘を連れて家出した。その時「たみ」は父親の方に残ることを選んだ。母が連れて出た娘は「たみ」の三つ下の妹であること、現在でも母と妹とは折々に逢っているとのこと。「たみ」が父親から虐待されるようになったのは、父と二人暮らしになってからで「たみ」の口答えが発端になり以後折に触れ暴行を受けていたようで、同じアパートに住む人が見かねて児童相談所に知らせ学校にも相談があったそうである。

「たみ」が、

「もう直ぐ僕の方が強くなるから、今度は僕が親父を、ぶちのめしてやるから！　ほっといてください！　いいのです」

と言うので、

「そんな乱暴なことを言ってはいけないよ」

と私は言ったことを覚えている。あの子の本音は「親父を一人にするのは可哀想だというもので」あの子は優しい子なのだ、学校で乱暴なことをしたことはない、あだ名をつけることが上手で、この度のことではよく話し合った。あだ名も、いじめの原因になることが多いことを理解したようです。

「たみ」は、クラス全員の前で、

「僕が悪かった。チカちゃん、美代ちゃんごめんなさい。みなさん今日から僕は友達にあだ名をつけて呼んだりしません。ただし僕は江戸時代の奴さんのような民助と言われるより助けのない民で呼んでください」

と言ったものだから、みんな大爆笑しながら拍手した。「たみ」は不幸な家庭環境の中で、成長しているのです、馬鹿な大人より立派です』

と先生は伯父と僕の顔を見ながらこの度の一部始終を話してくださった。

先生は伯父の顔を見ながら姿勢を改めるようにして、

「ところで美代ちゃんは日頃物静かなので、あんな激しいところがあったのかと驚いています。体格も良くバスケの選手だし女子生徒のリーダーだが、この度のことは一日にして学校内に知れ渡り全校生が緊張したようです。「いじめなんかすると美代が来るぞ！　美代毘沙門天が来るぞ」と言っているそうです」

と言われた。

「中学三年生にもなって、突然暴力をふるい、しかもモップなんかで打ったら、打たれた方は怪我をしないか考えなかったとしたら、発達障害ではないかと、私は心配しています」

と伯父が言ったところ、先生は、

「そんな心配はいらないでしょう、あの歳頃の男子で何人も乱暴な奴を見てきましたが、発達障害ではありませんでした。美代ちゃんの場合は、いやー、男子顔負けですよ。人は時には怒ることが必要ですね」

と言ったその後、先生は、ところで、

「私のあだ名は、ブルドッグのブルです」

と言って、おじさんの顔をジーと見ながら言われたところ、

「そう言われてみると、なるほど似ている」

と伯父が言ったので二人で大笑いしていた。

「中学生は、人にあだ名をつける名人ですね、私が中学生の時代は、先生に全部あだ名がついていました。生徒間では先生の名は、あだ名で通じるのです。

生徒の三分の一くらいはあだ名で呼び合っていたように記憶しています。あだ

名のある子は何かにつけ存在感のある子でした。どこにいるのか分からないような子には、あだ名はなかったです。あだ名をつけられただけで、いじめとは言えないのではないですか」

と伯父がつぶやくと、先生は、

「確かに人間は動物が進化したのでしょう、猿、タヌキ、犬なら、ブル、狆《ちん》とか見ているとなんとなく顔つきや体つきが似ているように見えてくるから不思議ですね、一番つけやすいあだ名が動物です、しかし猿とか猫とか言われて、気分が良いはずはないでしょう。

人の弱点を捉えてつけるあだ名はとにかくいけませんね」

「確かに先生の言われるとおりです」

「いじめの問題に関する調査研究結果は、分厚い本になって数多く出版されていますが、これなんかは出版事業としてやっているもので、多くの子供からアンケートを集めれば子供は、何か書かなければと創作もするのでしょう。様々ないじめの仕方や、意地悪な行為を思いついて、事細かに書いていますが、多くの出版物に収録されているような、子供たちはそんなに意地悪ではないように思います。明るく素直な子供達ばかりです。

幼い子供の集団です。教育基本法にいう個人の尊厳性と個人の自主性、これがこの法律の眼目となっていますが、強く矯正しない限り救われない子も出てくるでしょう、気の向くままに風に吹かれる羽毛のようなもので、その向かい風の中で成長する子は家庭がしっかりしていると、私は考えます。

戦前は二宮金次郎の銅像が校庭にあり、教育勅語があり、教師も尊敬されていたようで、今のようないじめなんかなかったように戦前に教師だった先輩から聞いています。

マッカーサーの民主教育命令に日教組の一部が悪乗りして、国民の最低の道徳心に欠けるような組合運動をしてきたから、子供たちが見習っているのですよ。昨今は、教師を目指す若者が少なくなったようですね、昔は聖職と言われた教師も労働者と言われては。これも日教組の一部が自ら教育労働者と言い出したものですよ。

報道されるようないじめによる自殺などは、執拗な肉体的精神的な加撃によるものであって、これなんかは、単なる子供どうしの、いじめとは言えないでしょう、犯罪ですよ。こんな理不尽な加撃を受けたらまず本人が、警察に訴える強い意志を持たなければ駄目です。警察は面倒でも乗り出さなければいけないと思います。こんな犯罪を犯す子は、必ず親がまともでない場合が多いいのではないですか。道徳心は家庭生活の中で育つものです。家庭教育が肝心ですよ。今の教育基本法に基づく教育では、教師ではどうにもなりません」

先生は伯父が頷くのを確認しながら講話をしているように話し続けられた。

「トロチカと言ってからかっていた「たみ」は、後ろから美代ちゃんに打たれたのに、僕が悪かった、と言いました、男らしいではないですか。チカちゃんはあまり嬉しくないあだ名をつけられましたが、それを特に苦にしては、いないようでした。ここは人によって違いがあるでしょう。あだ名で呼ばれることが苦しければ、これは精神的虐待です。美代ちゃんが仲良しのチカちゃんを小馬鹿にする「たみ」を許せなかったのです。「たみ」が口で言っても聞かないものだから、相手が強い男子とわかっていても、美代ちゃんは力を振るったのです。「たみ」は痛い目にあわされて初めて反省したのです、よかったと思います。私の言うことは、おかしいですか？」

「確かに先生の言われることに納得しない人は、いないでしょう」

「いじめと言えば、国と国のことを考えてみても、子供同士のいじめ合いと、たいして違いはないと思います。罵りあって、意地の悪いことを仕掛けているうちに、その挙句が戦争になったことは、歴史が証明しています。その時は理屈抜きで国民全員が団結する強い意志を持っていなければ、国の存立も危くなるのではないか、と私は思っています」

とも先生は言われた。これは話が飛躍しすぎかなーと僕は思ったが、国どうしということになると、百年昔ならともかく今なら、一発で東京が壊滅する弾道核ミサイルが飛んでくるだろう。子供のいじめのことを、くよくよ考えるのは仕方がないが、国民みんなの安全のことを、僕ら未成年者も考えて研究し、勉強しなければいけないかなあーと僕は、なんとなく思った。

伯父は何か考え込んでいるようだった。

四　背負い投げ

美代に、打ち倒されたのに「僕が悪かった」と謝った「たみ」が、虐待する父親を、「一人にするのは可哀想だ」と言っているのを聞き、こんなに心の優しい息子に、どうしてひどいことをするのか？　僕は優しかった亡き父が目に浮かぶのだった。

「たみ」の父親に会って、優しくできないか、お願いしてみようと、僕は思いつめていた。日が経つにつれて、なんだか「たみ」が弟のような気がしていたのだ。

十二月の柔道の練習も最終日となり、仲間である木下、田村君と三人揃って校門を出てバス停前に来て、今から「たみ」の父親に会いに行ってくると打ち明けたところ、二人とも一緒に行きたいと言う。美代の事件のことは詳しく知っている、出身校の情報は大方入ってくるからだ。

「たみ」の父親が勤めている村上工業は、高校前のバス停から五つ目で降りた、バス停近くの工業団地に事務所があることは調べてわかっているので、団地入り口の案内板に従って村上工業と表札を掲げた事務所に行き僕が先頭に三人揃って事務室に入ってみると、応接用のソファーのあるスペースとカウンターで仕切られた内側に四人の二十代の女性事務員が執務しているのが目に入った。僕がカウンターの前に立つと、一人が立ってきたので、

「三浦浩一さんにお会いしたいのですが」

と言ったところ、

「どんなご用件でしょうか」

と言うので、

「三浦さんの息子の民助くんのことでお願いがあって来ました」

と言ったところ、

「さて、現場から帰っているかしら？　仕事中は、事務所から電話はしないこと

になっているのです、しばらく待ってくださいね、今から工場へ行って見ますから」

と言ってカウンターから出て事務所の外へ出るので僕らも後ろに従って室外に出て待った。事務所の前は、駐車場を兼ねた広い敷地に他社の事務所が並び、五十メートルくらい先に工場の建物が何棟も並んで見える。敷地はアスファルト舗装されている。間もなく工場の方から、作業着姿の男を先頭に三人こちらへ向かってくるのが見えてきた。三人の最後尾に事務員の姿が見える。先頭の男が近づいてきた。四十代で色黒、体格は良い。後ろに従ってくる男二人は二十代で、見ると二人ともこの寒い季節なのに半袖の下着姿、二人とも両腕に刺青をしている。こちらは両人とも痩せ型ながら体格は良い。僕は少し気後れしたが、「うん」と下腹に力を入れ、「たみ」の父親と思える先頭の男が目の前に立ち止まるのに身構えた。

「何の用だ！」

まるで敵意を持った相手に向かう顔つきだ。僕は丁寧に話すつもりで色々妹の

事件の経緯からお願いする文言も考えて来たのだが、前後の言葉が吹っ飛んでしまって、

「民助君を殴ったり、蹴ったりしないでください!!」

と叫ぶように言って三浦の目を見つめた。

「何をふざけたことを言うか！ 己のガキをどうしようが他人にとやかく言われることたーあーねー！ 何だー、その目つきは！」

と言うなり、いきなり僕の左の横面を拳でがん！ と殴りつけた。僕は全く予想していなかったので、まともに拳の打撃を受け右に体が飛ぶように横倒しに倒れ、目がかすむので頭を振りながら立ち上がりかけたと思った時、三浦が右腕を振り上げて僕の頭に打ち下ろしてきたと感じたので、その手首を掴み無意識に一本背負投げを掛けた、と体感したのだ。目を見張って見ると目の前に頂頭部をこちらに向けて仰向けに倒れている。背後の気配を感じ首を回して見ると、三浦に従ってきた二人が腰のベルトからスパナーのようなものを引き抜いて、木下と田村くんの頭上に振り上げて打ちおろすのが目に入った。危ない！ と思わず声を

あげ、瞬きして目をみはると、襲った二人がほとんど同時に投げ飛ばされて三浦に並ぶように横に仰向けになって伸びてしまったのだ。僕は一瞬呆然としたが、はっとして事務所に飛び込み救急車を呼ぶように大声を上げた。事務所にいた三人は室外のただならぬ物音に気付いていたらしく青ざめた表情をしていた。僕は再度室外に出て呆然と佇んでいた木下と田村君二人に目配せして三浦たちのそばに跪き死んでいないことを確かめ、顔を見合わせ頷きあって救急車が来るのをイライラしながら待った。蘇生応急手当などは僕らにはまだできない。

今日の練習は背負い投げばかりにしていたので、三人とも無意識に型通りの技が決まったのだろう。畳の道場ではない、相手は受け身の心得はないだろうから、怪我をしていなければ良いが、三人お互いに目を見つめながら跪いていた。他の事務所からも気配に気づいて出てきた二十人ばかりの人だかりができたと思った頃救急車に続いてパトカーも来た。事務所から百十番電話をしたのだろう。

僕ら三人は警察で取り調べられることになった。

家に帰ったのは午後七時頃だった。警察署には伯父が来てくれた。田村、木下くんはお母さんが来ていた。

警察署で事情を聴かれた時は三人同じ部屋であった。現場にいた事務員も僕らと一緒の部屋で、現場で見たことを陳述していた。

翌日登校すると授業が始まる前に三人で相談した結果、警察署から学校へ通報されてからの方が、先生も理解しやすいのではないか、と考えて柔道部の監督にも事件のことは黙していたのだが、その日は何事もなかった。僕が帰宅するのを伯父が待っていたように、

「大輔！　昨日のことは何も心配することはないぞ、木下と田村のお母さんにも俺から電話をした、高校の方にも一切届けなくて良いぞ」

と言うのだ。伯父が話してくれたことを要約すると、

（未成年の子供に投げ飛ばされて、警察や、救急に迷惑をかけ、村上工業はどんな労務管理をしているのか？　少年たちは何も悪くないではないか。この件は全て村上工業に処理させせろ）と、署長さんが言われたらしく、村上工業から担当責任者三人が警察署に来て青ざめた顔をしていたとのことであった。

刑事課に少年担当があるので、三浦父子のことは全て知っているし、僕と美代が兄妹であることも、知っているとのことであった。高校には知らせることでもない、警察担当の報道関係にも気づかれないようにしろ、黙っておけということになったらしい。伯父が心配しなくても良いとは言っても、僕は新年になって伯父からその後のことを聞くまで不安な気分であった。

三浦に従ってきた二人の若者は、いずれも一晩入院、翌日は工場に出勤した。三浦は一週間入院、その後治療しながら勤められる現場のある大分市へ転居した。三浦は業界で知られた有能な職人で、怒り声をあげ鉄拳指導するのに若者が慕っていくのは何か若者にとって魅力があるのだろう、と伯父が話していた。頸椎を痛めたらしいが、「俺が悪かった俺が殴ったあの子はどうしているか」と病院のベッドの上で何度も言っていたそうである。

村上工業は、芸術工芸品を製作しているのではない、最先端の科学設備の整備点検をする企業だよ、人工知能の時代なのに、いまだに古い思想の職人を捨てきれないのだろうか？　そんな親方を頼ってくる若者がいるということも現実のことだ。こうした若者は、ごくあたり前の道徳観念や、常識を欠いたものが多く見られるのも事実なのだが、彼らだけの心が通じる世界があるのだろう、と伯父が言ったことが僕には未だによく理解できない。

「たみ」は母親、妹と三人で暮らすようになったが、僕は美代に「たみ」のその後の様子を聞いてみたところ「たみ」は相変わらずクラスの人気者で、今までと変わりはない、と言った。

五　防人志願

二月二十四日、ウクライナがロシアに侵略攻撃される様子がテレビで放映されるようになった。

破壊され炎上する都市施設、後手に縛られた死体、子供も死んでいる。学校では生徒同士は話しているが、特に先生から何も話はなかった。僕は伯父が読んでみろと言った『山口歩兵第四十二連隊史』を夏休みの期間に読んでいたし、日清、日露戦争時代の世界情勢、日本の立ち位置などについては理解していた。

教科書の世界史はＡＢとも読んではいたが、東欧あたりも、固有名詞を記憶するだけでも大変だ、特にロシアと関わりのあった国の位置を探すだけでも、こちらの方は民族の異なる小国が多く、ロシア人とウクライナ人などソ連崩壊前後の民族間の問題、この度のロシアのウクライナ侵攻の背景など、本当に分かりにくい、プーチン大統領の演説も聞いたが、これは戦争ではない特別軍事作戦だと彼が言っているが、それにしてもマンションや商業施設にミサイルを撃ち込んでメチャメチャにしている、白人が戦争で殺されるのは映画でなく本物を見るのを僕は初めて見た。

満州にソ連が攻め込んできた時のことは、伯父の父親が話していたことを伯父から聞いていたので、攻め込まれた側の悲惨な状況は想像できる。

伯父の書庫に積み重ねられた本の中にドストエフスキーやロシアに関する本が何冊かあった。スラブ系も少数民族間の殺し合いが絶えなかった。ヨーロッパ人とスラブ系民族は心を許し合うことは難しいだろう。ウクライナにはソ連の時に移住させたロシア人とロシア語しか話せない少数民族がいる、と記されたのを読んだが、同じスラブ系でも容赦しないのか？　近代的な都市施設が破壊される様子は、身近なことに感じる。

伯父が日本は戦争を実感出来る人が少なくなったと言っていたが、今テレビで視ているのはアニメではない、爆撃され砲撃される様子が目の前で視れるのだ。地球の裏側でやっていることなのだが、考えると日本は自然災害が多く原発事故もあったが、戦災とは八十年近く無縁だった。ただ平和平和と言って暮らしてきた。それは八十年前の先祖が極寒の大陸で、赤道直下のジャングルで死に物狂いに戦ってきたお陰なのだ、と知っている人は、伯父が言うように少なくなっているだろう。

もしもある日突然、日本にミサイルが打ち込まれ、ロシア軍が攻め込んできたら、どうするのか。ロシアは条約を守らない国だ、中国も国際法なんかあれは紙切れだと報道官が言っていたのをテレビで視たことがある。世界で初めて原子爆弾を広島に投下した米国も国際法を守ってはいなかった。どこの国でも、自国の国益と決断した時は、国際法は無視するだろう。戦争に負けた国が国際法により戦争犯罪が問われるようだ。

今まで外国から侵略された時はどうする、というような教育をされたたことは一度もない。僕はもう一度、伯父に借りている『山口歩兵第四十二連隊史』を読み返してみることにした。これは山口県の郷土部隊として明治二十九年創設された連隊の兵士が、北清事変、日露戦争、シベリヤ出兵、ノモンハン事件へと出征する中で、日中戦争から太平洋戦争終結までの間に招集され、大陸の荒野に赤道直下のジャングルで、泥水をすすり飢えに苦しみながら戦って生き残った兵士たちの戦場記録なのである。

日本は国民の多く住む沖縄戦に至る敗戦間近までは、ほぼ外地で戦ったのだが、戦争はいくら爆撃、砲撃しても結局、徒歩による歩兵の火戦、白兵戦の上に、敵陣を確保して決定するものであることが理解できる。ウクライナでは、歩兵の戦いは主に市街戦であろうが、兵士の白兵戦の様子はテレビで視られない、カメラが近寄れないからだろう。

　高校の正門を出て百メートルばかり直進すると、市街地の中を南北に分断する国道に突き当たる、そこを右に折れて西に向かう道が、バス停まで行く僕の通学路だ。

　国道は両側に歩道が設けられた対面二車線道路で、大型車輌やバスも絶え間なく走行している。道沿いには、公共建物、商社の事務所、自動車販売会社のショーウィンドウ等、大小のビルが並び、裏通りに通じる連絡道が五十メートル間隔で、住宅街に伸びている。

　僕の通学路の反対側の歩道を母と子三人、三歳くらいの女児と就学近い男児が歩いているのが目についた。時刻は午後五時前後、すこし先にスーパーがあるので、夕食の食材を買いに行くのだろう、その日女の子はママのガーデガンの裾を右手で掴んで歩いていた、男の子は、ママと妹の前を兵士のパレードのように両手を前後に大きく振って、正面を真っ直ぐ見ながら、まるでママと妹を先導して守っているような勇ましく可愛いい姿なのだ。ここへミサイルが落ちるかもしれない、そんなことになったらどうしたら良いのか？　と考えてしまう。

僕はこの母子三人を歩道に見ると、その度に立止まって三人がスーパーの敷地に入って姿が見えなくなるまで見送った。父の死後母と妹と三人で買い物に行っていた頃を思い出す。この三人はおそらくパパの転勤で転居してきたのだろうか、幸福そうだ。

チカちゃんは、母と娘の母子家庭だった。「たみ」は、その後母と妹と三人で幸せに暮らしているだろうか？　僕は「たみ」に一度も逢ったことはない、逢って色々話してみたい。

僕はその日、帰宅してから美代に「たみ」はどこの高校へいったか聞いたところ、「たみ」は、神奈川県の横須賀市にある陸上自衛隊高等工科学校へ進学したというのだ、僕は息が止まるほど驚いたのだ。

僕が中学在学中の出来事だが、図書室に自衛隊に関する本が並べられていることとを知った左翼系政治団体の婦人部が、西中学は軍国主義教育をしている、憲法九條を、ないがしろにする教育をしていると言って多人数で校長室に押しかけ、校内中の生徒が驚いたことがあった。学校側は、たまりかねて関係の書籍を隠してしまった。その時のデモ隊に同調した教師が現在も勤務している。川田先生が、奴らは憲法九條で飯を食っているのだから、手がつけられないよ、と言って笑っていたことが忘れられない。

僕は多少なりとも明治、大正から昭和にかけての歴史も勉強したし、伯父も、現在の日本の世界から見た立ち位置等についてよく話してくれるので自分はその点ではかなりのレベルだと思っている。しかし「たみ」は、あの生活環境の中で一体誰から知識を得たのか、自衛隊に自身の将来を捧げることをどう考えて決心したのか、僕はどうしても理解できないのだった。

実を言うと、僕はウクライナのロシア侵略があってから、歩兵の第一線部隊を志願して国の防人になろうと考えていたのだ。

歩兵から経験を積みどんな困難なことも克服できる精神と身体を作り、卓越した技術を身につけ、日本の平和に貢献したい。柔道の真髄だ、相手が攻撃に出た時に投げ飛ばす、僕に向いている。さらに僕と同じ志を持つ若者の仲間の決起を促したい、と思いつめたら体が熱くなってくるのだ。伯父もおばちゃんも見捨てるわけにはいかない。

いろいろ考え、考えた末のことなのだ。

美代は看護学科のある高校へ進学して張り切っている、チカちゃんも一緒とのこと。僕が三年生になってから、伯父が僕と何か相談したいことがあるような様子が窺えたが、僕は伯父に僕の考えていることをどう話したら良いか思案していたのだ。

伯父は僕に会社の経営を手伝って欲しい、と考えていることは分かっている。

夏休みに入った八月六日土曜日だった。美代が食器を片付けているのを見ながら、僕は勝手口から出て朝日を眩しく感じながら伯父の家に向かった。玄関引戸を開け、勝手知った家の中だ、廊下を歩きながら「おはようございます」と声をかけながら奥の居間の障子を引き開けてみると、伯父はお茶を飲みながら新聞を読んでいた。

「おう大輔！　どうした久しく姿を見なかったが、まあ座れ、春子の一周忌の法要のことは分かっているな」

と言いながら萩焼の茶碗にお茶を入れ、座卓の上に置いた。僕は伯父と向かい合うように正座してお茶を一口飲んだ、香りが良く美味しく心が清まる感じがした。

「まあ楽にしろ」

と言いながら伯父は僕の顔を見つめた。

「今日は僕の決意を聞いてもらうために来ました」

「改まってなんだ、決意とは、なんだか言葉遣いまで大人になったようだが」

「当たり前ですよ、もう直ぐ選挙権も与えられるのです。僕は大学進学はやめました」

「なんだよ、突然一体どういうことだ？　お前が生まれた時から東京の大学へいかせる、と言って、死んだ両親が学資保険も積み立てている、資金のことは心配しなくてもいいんだぞ、いつも言っていたではないか。大学進学をやめて一体どうするつもりだ？」

「高校卒業と同時に、陸上自衛隊に入隊しようと決めました」

「何！　柔道部に仲間がいるのか？」

「いいえ」

「俺が軍隊に行けと言ったことが、あったかのー？」

「いいえ。おじさんが、僕に期待していることは分かっています。経済か農学部で勉強しようかとも考えたこともありました」

「ははあ！　ロシアのウクライナ侵略の影響か」

「僕は高校へ進学した頃から、男には兵役の義務を課してこそ真の民主国家ではないか、と考えていました。もちろん近代の戦場で短期間の訓練では対応できないことは分かりますが、国民の心構えの修練は男ならしなければならない、と木下となんども議論しましたが木下も同じ考えでした。木下は防衛大学を目指します」

「木下くんと一緒にいくのか」

「僕は大学へいくよりも、一兵卒として近現代の、最前線の戦場を体験し、国の大事の時役立つように心身を鍛錬し、揺るがぬ精神を鍛えたのち、予備役自衛官となって、おじさんの会社で働かせてもらえたらと考えたのです。

これからの戦争は市民生活の場が、第一線になることを確信しました。サイバー戦、ドローンとの戦いは、予備役の軍人が、まず市民生活の場で結束していなければならないと確信したのです」

伯父は言葉もなくしばらく瞑目していた。

「日本人は、ペリーが浦賀に来た時から、世界の状勢の変化を見ながら生存する方策を模索してきたようだがのー。開国してから日本人の一生も世界の情勢に従って変わっていったようだなー。大輔が銃を人に向けるような情勢にならなければ良いが神に祈るしかないの―」

伯父の前に置かれた中国新聞の一面に、広島原爆投下より七十七年、の見出しが目についた。炊事場にいたのだろう、おばちゃんが障子を開けて居間に入り、

「大ちゃん！　大学を決めたのかい？」

と言いながら伯父のそばに膝をついて座り僕の顔を見つめた。

「いかないと言うのだよ」

「東京へ行ったら帰ってこなくなるから、こちらの大学へいかせたら？　と私は言っていたのさ」

「大輔は何処の大学へもいかんと言うんだよ」

「まあ！　大学へいくのをやめた？　そんなら一体どうするんだい」

「大輔は自衛隊に入隊すると言っている」

「まあ！　この子はなんということを言うの」

と言いながら、おばちゃんは僕の顔を凝視した。僕はなんと言って話したらよいか、伯父の顔を見ながらつぶやいて、顔を伏せるしかなかった。

伯父が姿勢を正す気配に顔をあげた僕の目を見つめ、話し始めた。

「七十七年前は、日本の男子は十九歳になったら徴兵検査があって御国に命を捧げる覚悟をしていたのだ。その頃生きていた人に聞いてみると、戦況の判断出来る人でも決死の覚悟をしていたと言っているなー。沖縄県の人が子供まで頑張っていたではないか。

山口県でも山陽側が爆撃され、広島に続いて長崎に原爆が落とされたその当時、中学一年生だった人に聞いてみたのだが、その人の同級生たちも、誰一人何も恐れてはいなかった。アメリカが来たら戦うんだ、と男の子は、小さなナイフを研いでいたと聞いた時は、本当に驚いたなー。今では想像できないだろ、あの戦争が終わってから八十年も平和が続いてきたからなー。

俺は吉田松陰を鑑にしているのだが、呆然と歳を重ねたのー。俺の生きてきたこれまでは、なんとも締まりのない、国の将来を議論するなど、中学生の頃にイラン・イラク戦争があったが、大輔のように考えんかったなー。何も考えずに家業を継いであくせくしながら生きてきたのー」

と伯父は、我が身に聞かせるように、つぶやきながら腕組みをしてうつむくのだった。

「おじさんは〝小石原のゴッドファアザー〟とあだ名がついていることは柔道部のものはみんな知っていますよ」

「そりゃー俺が何処にでも出しゃばるからだろう」

「でもそれは人に頼まれるからでしょう、市の委員会や交通安全委員会、消防団、商工振興会、祇園祭や神社お寺の総代、子供の見守り隊、おじさんの名前を見ないことがありませんよ。おじさんは市民のために人一倍働いていると僕は思います」

「大輔にそのように言われると有難く思うがなー、命を張っての仕事じゃーないよ、支離滅裂の市民党だよ、そうだなー、俺の親父の生き様こそ、いやーあの時代に生きた日本人は男も女子供に至るまで緊張した日常だっただろうなー、戦後生まれでも団塊の世代といわれ、苦難を背負って生まれた人達もいるのー」

「僕の父や母は平和な時代に生まれてきたのに早く死んでしまって」

「そうだなー、残念じゃのー、納得できんのー。人の死は誰が決めるんかのー？　同じ爆弾が落ちる中を走っても生き延びる者と死ぬ者に分かれる、体験した人から聞いた話だが、何人もの人から聞いたことだ。平和な世の中でものー、大輔の両親のように病に倒れる人もいるし、災害に遭う人もある。

　俺の父親はなー、何度も話したが、国際法を無視するソ連軍によって、飢えと寒さで七万人以上も死んだと言われているシベリアに抑留され、長い人は十年も抑留されたのに、親父は三年あまりで帰国したらしいよ、そのまま復員兵を雇用していた日本国有鐵道の保線区に配属されたらしいのだ、国鉄総裁の轢死、無人電車暴走、列車転覆事件というのがあって、日本じゅうが固唾を飲んでいた頃らしい。親父は、国鉄労働組合や日本共産党と、どんなに関わっていたのか分からんが、占領軍総指令官のマッカーサーの命令でレッドパージされたらしい。戦後の日本の労働組合はマッカーサーが結成させたんだよ。日本の民主化のためだよ。

その当時はなー、日本最強の労働組合と言われた国鉄労働組合に、マルクス主義に洗脳されたシベリア抑留帰りを入れ、日本で共産革命を起こさせようとしたモスクワにあるコミンテルン、共産主義インターナショナルと言うんだが、そいつらの計画だったらしいんだ、共産党は赤い旗だからレッドパージと言っていたそうだ。その年にソ連軍を後ろにして北朝鮮が韓国に攻め込んだんだよ。朝鮮戦争が勃発したんだ。

親父は国鉄をクビになった後は、米軍の軍用船に乗り込み朝鮮戦争の戦死者の身体を清浄して整える仕事を仲間と請け負い、軍用車の修理もしていたらしい。米軍は日本のように戦死者を火葬しないんだ、痛んだ身体や顔を綺麗に修復し、整えて本国に運んで遺族に逢わせるから、親父たちは多額の報酬を得たと言っていた。

戦争が停戦してからは、食品の加工や、トルコ風呂、サーカスのテント張りや、キャバレーなども経営していたらしい。そんなことをしている中で、労働者の敵出て来い！　と親父が名指しされ、労働組合の連合団体から事務所にデモをかけられたことも再三あったらしいのだ、過激な政治団体を探偵していたらしい。これは親父が山口に帰ってから兄の家業を引き受け、自治会の世話もしている時に、うちに集まってくる人から聞いた話なのだよ。俺が親父から直接聞いた話ではない、親父は俺には国鉄にいた時のことや、探偵社のことは何も話さなかったなー。国鉄とは今のＪＲのことだよ」

「まるでハリウッドの映画になりそうな生き方ですねー」

「俺が中学の頃は、戦後四十年だが、まだ空爆で焼けた跡の様子などが時々テレビで放映されていたのを見た気がするが？　その当時の日本人は、本当によく頑張ったと思うのー。国連が創設されたのは、日本が敗戦した年の十月で常任理治国は、米英仏ソ中の五カ国だが、日本の統治は連合国総司令官マッカーサーが事実上日本の最高権力者だった。ＧＨＱだ。そのマッカーサーが、日本が赤化するのをストップしたのだ。アメリカもいい加減なものよ、ホワイトハウスにソ連の工作員がいて、日本に真珠湾攻撃をさせるように工作したらしい。戦争はアメリカの公共事業で、必要に応じて世界のどこかで戦争をさせるのだと言う学者もいる、と親父が言っていたが、俺は本でも読んだことがある。

俺の親父が山口に帰ったのは四十歳の頃、長兄が死んだのでその後を引き継いだのだが、本心は山口には帰りたくなかったのだろう、と俺は推測している。帰ってから親父は、県の農業改良普及所の指導もあって農業の近代化を進めて今の会社の礎を築いたらしいのだが、代々世襲していた番頭の高田が、維新前から今に至るまで徳本家に尽くしてくれている。俺も当然親父の死んだ後もこの人のお陰を受けたのだ、この人のお陰と俺は思っている。徳本家は維新前には藩の営農指導の役人が詰めていたこともあって、年貢米も預かり、村の衆の出入りは昔から多かったそうだ。

親父が事故で急死した時は、俺は高校三年、妹は中学生だった。お前と美代が俺と春子と同じように孤児になって、俺は何の因果か、祖先の業か？　考え続けているんだ。

俺が中学の時、英語の先生が、ガバメントオブザピープル。バイザピープル。

アンド、ホワーザピープル。これがデモクラシーと言っとった。今の内閣を支持しますか？　どちらかというと支持しませんか？　テレビがアンケートの結果だと言って図表まで作って、これが民主主義とばかりに大衆迎合させようと図っているではないか！　政府のすることに反対することが知識人、学者と思っている大衆からアンケートをとって、質問の仕方で好きなように誘導できる。いい加減なものだよ！

『富秘めるバイカル湖、搾取は断えて無く、生きる喜びに満つー愛と自由の光ボルガのごとく』この歌はなー、シベリアに抑留され毎日強制労働からの帰りに、みんなで合唱しながら行進していた、と親父が話していたのを俺は今でも覚えとるのー。この歌は解放された農奴が歌っていたのじゃーないのか？　七万人も殺されて、何が生きる喜びに満つだ！

大和男子と生れなば　散兵線の花と散れ!!

これは親父が大日本帝国陸軍二等兵の時の、歩兵の本領という軍歌の一節だがよー、こんな戦前、戦中、戦後の時代をまたがって親父は生きてきたんだからのー。いやーこんな経験は誰もできんのー。

うちの親父は、なんとも、支離滅裂な生き方をしていたようだがのー、世界が支離滅裂だーなー、俺が覚えているのは、親父が何事も、面白おかしく話してくれたことしか覚えていないのー。苦しかったとか、辛かったとか一度も聞いたことがないのー。俺たちと同じ高校の旧制中学を卒業して、満蒙開拓青少年義勇軍に入隊すると言って満州に行って、現地で召集されたんだ。血の気の多いい人だったことは間違いない。あの性格でシベリアに抑留され、よく殺されずに帰還できたと俺は今でも不思議に思っとるよ。

親父はとにかく何事も無鉄砲に突進する人で、知恵が人一倍働く人だった、という人が多かったなー。人の尻込みすることを好んでしていたように言うてたのー。マルクス主義も勉強したんかもしれんが、朝は東を向いて柏手を打っていた、俺も一緒に東方遥拝をしていた、今でも俺はその習慣が身についている、骨の髄からの大和民族だぁー」

「マルクス主義は僕も少しは知っています。労働者は搾取されているというのは分かりやすい。貧乏物語も読みました。中学一年の時の先生が、教科書以外に本を読むことを勧めていました。小説も読め、テレビやスマホばかり見ているとバカになる、と言っていました。先生の父親は、大学生時代に学生運動が激しい時で連中が騒ぐので、まともに勉強できなかった、本を読む暇がなかった、ただゲバ棒を振り回していたと言っていたそうです。僕らの顔を見渡して、「君たちは平和ボケになっているかもしれないなー、みんな締まりのない顔をしているぞー」と言うので、僕たちが爆笑するのを、笑顔で頷いていた先生の顔が今でも忘れられません」

「日本には革命を目的とするグループの子孫がいるなー。まだ革命は諦めてはいないらしい。マルクス主義は世襲しているでなー。お互いに飯が食えるような仕組みができているからなー。やめられんのだよ」

「外国からミサイルが打ち込まれたら、革命どころではないでしょう」

「彼らは憲法九条死守と言っている、これが一番話がしやすいし無難だからのー。幼稚園の子供にも話がしやすいし分かりやすい、戦争をしてはいけない、だから軍隊はいらない、軍隊がなければどこの国も攻めてこない、と言ってその後に続けて政府のすることには何でも揚げ足をとる反対の民主主義で飯を食っている連中だよ。これはマルクス主義とは関係のない話だ。国民全員が賛成ということはありえんから、飯の種は永遠に尽きんよ。気楽な商売だなー。つまり民主主義で飯を食っているんだよ。テレビのワイドショーも同類だー。マルクス主義の政府だったら飯どころか監獄入りだあー。


「僕が中学一年のときに、教え子を戦場に行かせないために憲法九条を守る、と誰も聞きもしないことを授業参観日に得意げに言っていた若い女の先生がいた」

「そんなことを言う人がいたなー、学生時代に革命ごっこに参加した人たちの子孫だよ。国会議員の中にも、いるんだ。今でも票を集めるのだから不思議だ。いや、票を入れる人がいるから分かっていても止められんのが本音かもしれんなー」

「戦争をしなくて済むものなら、これに越したことはないけれど、核ミサイルをバンバン打ち込まれたら、どうしたら良いのかなあー？　いくら柔道の精神と強がっても、落ちてくるミサイルを受けて立ち、背負い投げという漫画なら描けるけど。


おじさん！　先守防衛、日本は軍隊を持たない。これはマッカーサーが日本人に強制したことですよねー。死んでから防衛する自衛隊？　死んでから戦う決死の軍隊？　でない自衛隊？」

「マッカーサーが、日本人は死ぬまで戦う侍だから、二度と日本人とは戦いたくないと思ったのだろうな。朝鮮戦争が始まる前は防衛もさせないようにしていたのだ」

「まあ僕がこんなことを考えてもどうにもならないけれど、こんな難しいことは、木下のような頭の良い人に考えてもらい、僕は上代、諸国から送られて、九州の要地を守った防人の仕事がしたいと決心した心は変わりません、そうして同じ志を持つものとの結束を図りたいと。勿論死は覚悟、平和な時でも人は死とは隣り合わせで生きていることは分かっています」

「大輔は侍になったなー。俺はなんだか、恥ずかしくなってきた。親父は四男だったが次男と三男の兄は戦死している、小石原地域は大地主のいない自作農が多い地区で、どこも子沢山で、もちろん男は召集され、あの戦争でどこの家も戦死者のいない家はなかったようだよ。戦地へ送り出した親の心を想像すると、頭を下げるしかないよなー。

そうだなー、その頃は武士道の精神が、国民の魂の根幹にあったのだなー、民主主義よりも日本の精神、武士道だ。そうだ親父が読んでみろと言った新渡戸稲造の武士道の本を何処に置いたかのー？　大輔にもあの本を読ませよー」

と伯父はつぶやきながら瞑目した。

今日の伯父は、バカに饒舌だ、伯父の口癖支離滅裂だなあー、と僕は思った。

伯父の瞑目した目尻から涙の粒が光って見えた。伯父は自分の話すことに共鳴するのか、よく涙ぐむ。

伯父が言う血の気の多いその父親は、伯父が農業高校三年生の時、十二歳年下の妻と二人で乗っていた車ごと峠越えの道で運転を誤って百メートル下の谷川へ転落して即死した。友人の葬儀に行く途中だったそうである。

伯父が言うように、伯父の父親の生き様は並外れている、葬儀の日には参列者の車の交通整理に警察官が出動したそうである。自治会の寄り合いで何度も聞いた。

伯父たち二人（兄妹）をその後養育したのは長兄の連れ合い、つまり伯父のおばさんで、この人は伯父の父親が夫の家業を引き継いでくれた時から同居していた。この人は僕の母が二十歳の年に亡くなった。享年七十三歳。僕の母はその後嘆き悲しむ日が長く続いたそうである、僕のうちに位牌がある。

伯父は父親の血を継いでいるのだろう。おばちゃんも似た者夫婦で気っ風が良い。一人娘も頭が良くて勇ましかった。東京の女子大学で国際法を勉強していたそうだが、今は国連の事務所に勤めカンボジアに行っているとか、もう五、六年帰っていない。その代わりに事故で両親を亡くした友人の子二人、当時男子八歳、女子六歳二人を家に引き取って、我子と分け隔てなく独り立ちするまで育てた。この養い子が正月には帰省する。

伯父の家には併設された事務所があり、近くに加工場、宿泊施設と作業場もあって休日も交代で二十人くらいの人が作業をしている。事務所には神棚があってベトナムの研修生にも日本式に柏手を打たせるのだから恐れ入る。言うまでもなく伯父の家にも神棚がある。日本人はアマテラス大神の子孫なんだ。赤子なんだ。日本は神の国なのだ。といつも言っている。ベトナムの研修生は二年前から入所している二人とも男子で二十歳くらい素直で人なつっこい。ここへミサイルが打ち込まれたら、とまたしても僕は想像してしまう。

八十年昔の戦争とは違う、あの時代は戦線と銃後の国民と言っていたらしいが、ウクライナの現場を見ると銃後が戦線になっている。

これからの戦争は、相手が見えない遠くから、宇宙からでもミサイルを撃ち込むのだ。ドローンが先かもしれない。ドローンも大型の爆撃機型や、特攻型、ミツバチのような奴が雲のように群れとなって襲いかかってくるのもあるそうだ。まるでアニメのような宇宙殺人ゲームだ。

緒戦はサイバー戦から始まるようだが、正に市民の生活の場が第一線だよ。日本は敵が上陸してくるのを、迎え撃つ戦いになることは間違いない。沖縄戦と同じようなことになるのだろう。

伯父が二十歳の頃とは異なり、日本を取り巻く国際環境は険悪だ。台風になって不意に上陸するかもしれない？　僕の考えすぎかも。

憲法九条を飯の種にしていては、飯どころではない。奴隷にされて、シベリア送りだ。

「おい！　大輔！　どうした？」

ハッとして目を見張ると、伯父が僕の顔を覗き込むような姿勢で首をかしげていた。

僕はとっさに両手の拳を握って頑張ろうーの構えをした。

「おじさん僕は頑張りますよ！　防人になって日本を守りますよ！」

「おー、俺も頑張るぞ！」

と言って伯父も僕の心が分かったのかどうか分からないが、拳を握って僕の拳に当て両目を大きく見張った。

完

［著者］妹尾哲文

昭和4年11月15日生まれ
宇部工業専門学校中退

諸行無常《しょぎょうむじょう》

発行日　2023年8月4日　第1刷発行

著　者　妹尾哲文（せのお・のりふみ）

発行者　田辺修三
発行所　東洋出版株式会社
〒112-0014　東京都文京区関口1-23-6
電話　03-5261-1004（代）
振替　00110-2-175030
http://www.toyo-shuppan.com/

印刷・製本　日本ハイコム株式会社

ISBN 978-4-8096-8692-4
定価はカバーに表示してあります

ISO14001 取得工場で印刷しました